AF217600

Tucholsky Wagner Zola Scott Sydow Freud Schlegel
Turgenev Wallace Fonatne
Twain Walther von der Vogelweide Fouqué Friedrich II. von Preußen
Weber Freiligrath Frey
Fechner Fichte Weiße Rose von Fallersleben Kant Ernst Frommel
Richthofen
Hölderlin
Engels Fielding Eichendorff Tacitus Dumas
Fehrs Faber Flaubert
Eliasberg Ebner Eschenbach
Feuerbach Maximilian I. von Habsburg Fock Eliot Zweig
Ewald Vergil
Goethe Elisabeth von Österreich London
Mendelssohn Balzac Shakespeare
Lichtenberg Rathenau Dostojewski Ganghofer
Trackl Stevenson Doyle Gjellerup
Mommsen Tolstoi Lenz Hambruch
Thoma Hanrieder Droste-Hülshoff
Dach von Arnim Hägele
Reuter Verne Hauff Humboldt
Karrillon Rousseau Hagen Hauptmann Gautier
Garschin
Defoe Hebbel Baudelaire
Damaschke Descartes
Hegel Kussmaul Herder
Wolfram von Eschenbach Dickens Schopenhauer Rilke George
Darwin Grimm Jerome
Bronner Melville Bebel Proust
Campe Horváth Aristoteles Federer
Bismarck Vigny Barlach Voltaire Herodot
Gengenbach Heine
Storm Casanova Tersteegen Gilm Grillparzer Georgy
Chamberlain Lessing Langbein Gryphius
Brentano Lafontaine
Strachwitz Claudius Schiller Kralik Iffland Sokrates
Bellamy Schilling
Katharina II. von Rußland Gerstäcker Raabe Gibbon Tschechow
Löns Hesse Hoffmann Gogol Wilde Gleim Vulpius
Luther Heym Hofmannsthal Klee Hölty Morgenstern Goedicke
Roth Heyse Klopstock Kleist
Luxemburg Puschkin Homer Mörike Musil
Machiavelli La Roche Horaz
Kierkegaard Kraft Kraus
Navarra Aurel Musset
Nestroy Marie de France Lamprecht Kind Kirchhoff Hugo Moltke
Laotse Ipsen Liebknecht
Nietzsche Nansen
Marx Lassalle Gorki Klett Ringelnatz
von Ossietzky Leibniz
May vom Stein Lawrence Irving
Petalozzi
Platon Knigge
Pückler Michelangelo Kafka
Sachs Poe Kock
Liebermann Korolenko
de Sade Praetorius Mistral Zetkin

Der Verlag tradition aus Hamburg veröffentlicht in der Reihe **TREDITION CLASSICS** Werke aus mehr als zwei Jahrtausenden. Diese waren zu einem Großteil vergriffen oder nur noch antiquarisch erhältlich.

Symbolfigur für **TREDITION CLASSICS** ist Johannes Gutenberg (1400 — 1468), der Erfinder des Buchdrucks mit Metalllettern und der Druckerpresse.

Mit der Buchreihe **TREDITION CLASSICS** verfolgt tradition das Ziel, tausende Klassiker der Weltliteratur verschiedener Sprachen wieder als gedruckte Bücher aufzulegen – und das weltweit!

Die Buchreihe dient zur Bewahrung der Literatur und Förderung der Kultur. Sie trägt so dazu bei, dass viele tausend Werke nicht in Vergessenheit geraten.

Heidéde!

Otto Ernst

Impressum

Autor: Otto Ernst
Umschlagkonzept: toepferschumann, Berlin

Verlag: tradition GmbH, Hamburg
ISBN: 978-3-8424-0721-3
Printed in Germany

Otto Ernst

Heidéde!

Eine neue Liebe

Zeigt Ihr in großen Bildern klein die Welt – Erlaubt, daß mir
das Gegenteil gefällt!

Arthur Krupp, dem großen Kinder- und Schul-
freund, in herzlicher Verehrung zugeeignet

Welches irdische Glück ist diesem höchsten vergleich-
bar,
Das uns über uns selbst erhebt, indem wir's genießen,
Und wem wird es versagt, wem wird es gekränkt und
geschmälert?
Wie der Kelch der Gemeinde auf gleiche Weise an alle
Kommt und alle erquickt, so kommt auch dieses an al-
le:
Fürsten empfinden's nicht tiefer, und Bettler empfin-
den's nicht schwächer.
Weil die einen den Säugling in Purpur wickeln, die an-
dern
In die Krippe ihn legen, das gibt kein Mehr und kein
Minder,
Und so ist die Natur gerecht im ganzen und großen
Und verteilt nur den Tand, den Flitter, nach Lust und
nach Laune!

Hebbel, Mutter und Kind. 6. Gesang

I.

Erstes Auftreten Seiner Hoheit, das von beispiellosem Erfolge begleitet ist – Ein unbegreifliches Wunder – Ein reichgeborner Mann – Der Verfasser buhlt um die Gunst des Grafen Almaviva – Die allessagende Sprache – Die Macht des Kuckucks.

Liliencron mochte sechzig und ich demnach zweiundvierzig sein, als er mir eines Tages auf die Schulter klopfte und sprach: »Mein Otto Ernst, wenn du einmal so alt bist wie ich, wirst du über die Menschen ebenso denken wie ich. Ich habe zu tief in dies Schuft- und Schufterle-Treiben hineingeguckt.« Wäre nicht 1918 gekommen, so wäre seine Prophezeiung an mir wohl zuschanden geworden; aber es kam 1918, dann 19, dann 20, – und 1921 stand ich nahe vor der Übergabe und vor dem bitteren Bekenntnis in des Freundes Grab hinein: »Du hast gewonnen.« Da trat ein Mensch in mein Leben, dessen Anblick mir wie ein neuer Feuerstrom in die Seele fuhr. Ich liebte! Es mag für einen 60jährigen beschämend sein; aber ich liebe noch; ich bin bis über beide Ohren verliebt. Als an einem Maienmorgen jenes Jahres aus den unteren Räumen meiner Wohnung ein längst entwöhntes Quäken heraufdrang, da waren Zwillinge geboren worden: einer dort unten und einer hier oben.

Appelschnut hatte einen Buben zur Welt gebracht; da ist es nicht mehr als in der Ordnung, daß auch das Buch »Appelschnut« einen Nachfolger erhalte. Da der Junge seiner Mutter sehr ähnlich sieht, so wird das wohl auch mit den beiden Büchern so werden; einen Abklatsch wird es geben – man sieht, ich komme meinen Freunden hilfreich entgegen. »Es ist nischt mit die zweiten Teile«, sagte ein Logenschließer, als ein zeitgenössischer Dramatiker die Fortsetzung einer Komödie aufführen ließ. Die Leute sagen es auch vom zweiten Faust, und doch ist er vielfach noch schöner und bedeutender als der erste: er ist es nur auf andere Weise, und das wollen die Leute nicht; sie wollen spurfahren.

Es soll nicht behauptet werden, daß Heidéde schöner und bedeutender wäre als seine Mutter; namentlich die zweite Behauptung wäre am Tage nach der Geburt etwas verfrüht. Aber das kann ich mit Sicherheit erklären, daß ich in dieses Kind mindestens so närrisch verliebt bin wie seiner Zeit in die Mutter und ihre sämtlichen Geschwister, wahrscheinlich noch närrischer. Man sagt es Großeltern nach, daß sie in ihre Enkel noch verliebter seien als voreinst in ihre Kinder, und daß sie ihre Enkel gern verzögen, selbst wenn sie vormals strenge Eltern gewesen. Und man erklärt es damit, daß sie sich für den Enkel nicht in dem Maße verantwortlich fühlten wie für das Kind. Ich lehne diese Erklärung, als Generalbevollmächtigter meiner Frau zugleich in deren Namen, auf das entschiedenste ab. Wir würden uns für einen Urenkel genau so verantwortlich fühlen wie für ein eigenes Kind. Ich finde den Grund anderswo. Als Eltern sind wir selbst noch jung, stehen wir dem Leben noch vertrauend, erwartend, hoffend, halbblind gegenüber, stehen wir dem Kindesalter noch näher. Als Großeltern haben wir so viel, ach, so viel, so Trauriges, ach, so Trauriges gesehen – und da steigt plötzlich wie ein vergessenes, unbegreifliches Wunder ein Kind vor uns auf, ein schuldloses Kind! Der Abstand ist so groß – daher dieser Wirbel von Rührung und Entzücken, diese jubelnde und weinende Liebe! Ich hebe dich furchtsam, schauernd ans Herz, du warmes, zappelndes Würmchen, und frage mich, ob ich mich denn freuen darf, daß du hineingeboren wurdest in diese schaurige Welt, in diese grauenvolle Menschheit, weit grauenvoller im Frieden als im Kriege. Ob es nicht Frevel ist, sich an einem Menschen zu freuen, der einst leiden wird? Vielleicht nur zu freuen, weil man an dem Kleinen seinen »Spaß« haben wird! Nein, von solchem Frevel fühlen wir uns frei, mein Weib und ich.

Ich bin übermenschlich glücklich über dies Himmelsgeschenk – ein zweites dieser Art steht schon nach 2 Monaten zu erwarten! – und bin, wie gesagt, rasend verliebt; solch eine großväterliche Liebe zu zügeln, erfordert Heldentum, und ich werde ein Held sein; auch Eitelkeit soll mich nicht beschleichen. Du kannst ruhig lachen, teurer Leser; ich verlange keinen Glauben auf Vorschuß.

Als Heldengroßvater erkenne ich z.B. sehr wohl, daß der Neugebackene nicht eben schön ist; Neugeborene sind so gut wie niemals schön. Höchstwahrscheinlich ist auch die schöne Ursache des trojanischen Krieges bei ihrem ersten Auftreten ein kleines schrumpliges Affenfrätzchen gewesen. Nur Müttern kann man's allenfalls verzeihen, daß sie ihre Kinder immer schön finden; aber unverdächtiger ist mir die Mutter mit klarem Liebesblick.

Und doch: ein Schönes, Erquickliches bemerk ich schon nach wenigen Tagen. Er hat einen festen Blick. Es ist nicht der irrende, flackernde, ziellose, oft schielende Blick vieler Neugeborenen: er faßt seine Mutter fest ins Auge, dann ebenso seinen Vater, dann mich, kurz, alle, die gerade sein Bettchen umstehen. Er prüft uns mit großem Ernst. »Schopenhauer« nennt ihn meine Frau. Er scheint sich zu fragen: In welche Gesellschaft bin ich da geraten?

Nachdem er uns lange geprüft, weicht langsam der Ernst, und Heiterkeit verbreitet sich über seine Züge. Das Ergebnis der Untersuchung scheint günstig; wir genießen das Vertrauen Seiner Hoheit. Ein überraschendes Merkmal frühen Verstandes! Meine Feststellung lautet denn auch: Typus des stilleren Geistmenschen.

Wenn ich von einem »stilleren Geistmenschen« spreche, so ist »stiller« nicht in akustischem Sinne zu verstehen. Er schreit, Gott sei Dank; er schrie vom ersten Augenblick an, was selbst einem Goethe erst nach krampfhaften Bemühungen seiner Umgebung gelang. Doch drückt er seine Seele nicht in hohen, schrillen Tönen aus; sein Organ hat eine angenehme Mittellage: er dürfte einen weichen Bariton abgeben, einen Mozartsänger für das Fach der Almaviva, Don Juan, Papageno und dergl.

Ich darf mir schmeicheln, daß ich jetzt schon, in seinen ersten Wochen, bei diesem künftigen Grafen Almaviva einen besonderen, einen funkelnden Stein im Brett habe, daß ich in seiner Gunst sogar vor seinen Eltern etwas voraus64habe: eine Brille. Diese Brille wirft das Licht zurück in das Himmelsblau seiner merkwürdig großen Augen (ein Geschenk seiner Mutter), und dann bin ich armseliger, reicher Mann ihm Licht, bin ihm Jubel und Entzücken. Natürlich will er das Licht haben und umspannt es mit seinem Fäustchen; aber leider sitzt die Brille fest. Doch hab ich auch einen nicht festsitzenden Kneifer, und der muß ohne Gnade herunter von der Nase. Wenn ich ihn dann mit diplomatischen Anstrengungen seinem Fäustchen wieder entwunden habe – er hält schon fanatisch fest, und wenn es auch nur körperliche Rückwirkung ist: solche Rückwirkungen gefallen mir bei einem Deutschen – und wenn ich das Glas wieder aufgesetzt habe, muß es unweigerlich wieder herunter, und wenn es dann wiederum auf der Nase sitzt, muß es abermals herunter usw., usw. – stundenlang kann man sich so unterhalten, wenn man so alt ist wie dieser Jüngling.

Daß er das Licht liebt, daß er staunend in die entzündete Lampe starrt, das ist wohl nichts Verwunderliches. Welches Kind, wenn es nicht vollkommen stumpfsinnig ist, begrüßte nicht im Licht das erste und zugleich größte Wunder des Lebens! Aber ein Andres, Heiliges, unsagbar Großes hat sich mir offenbart: in ihm ist Licht! Immer mehr ist es mir zur Gewißheit geworden: mit ihm geboren ist ein fröhliches Herz! Und nun sing ich's alle Tage vor mich hin, möcht ich's in alle Welt hinaussingen: »Mein Enkel wird ein reicher Mann! Reicher als alle Milliardenkönige der Welt! Kein steinreicher Mann, ein sonnenreicher Mann!« O du warmes Blut von meinem Blut, möcht ich mich nicht irren! Möchte dir das holdeste Gnaden- geschenk des Himmels geworden sein, das selbst düstere, grimmige Denker als eines Menschen reichstes Erbteil preisen, vor dem sich ihre Hände andächtig falten: ein heiterer Sinn! Daß dein Lächeln nicht dumm sein werde, das hoff ich nach dem Ernst deines for- schenden Auges. Ja, mit Ernst faßt er die Welt ins Auge; aber was er wahrnimmt, gefällt ihm wohl. Nicht immer wird es ihm wohlgefal- len; aber aus seiner Herzlaterne wird Licht auf seinen Weg fallen!

Und für seinen Ernst und seine Geisteskraft hab ich schon wieder einen neuen Beweis: obwohl er erst zwei Monate alt ist, folgt er mir, wenn ich das Zimmer verlasse, mit dem Blick bis zur Tür! Seine Augen lassen nicht los! Junge, Junge, das bewahr dir fürs Leben! Dann kannst du eine wirkliche Hoheit werden.

Als berechnender Höfling und Gunstbuhler hab ich rechtzeitig Sorge getragen, daß ich bei Seiner Hoheit mehr als ein Eisen im Feuer habe. Wenn Serenissimus (d.h. bekanntlich »der Allerheiters- te« oder »der höchst Heitere«) von meinem Kneifer »ennuyiert« oder »fatiguiert« sein sollten, so hab ich einen zweiten persönlichen Vorzug, der mir seine Gunst sichert: einen Kinnbart. In den greift er mit Jauchzen hinein wie später hoffentlich ins volle Menschenleben. Und wenn er ein tüchtiges Büschel Haare faßt, so ist es gut; aber zuweilen erwischt er nur einzelne Härchen, und dann, muß ich gestehen, gehört schon ein Großvater dazu, die gute Miene des edlen Dulders zu bewahren. Und gerade dann hält er in holder

Ahnungslosigkeit besonders fest, und tausend feine Künste gehören dazu, ihn zum Loslassen zu bewegen.

Und eines Tages greift er wieder fest hinein in seines Ahnherrn Bart und – richtet sich daran auf! Und – was noch ganz etwas anderes bedeuten will – als er meinen Bart losgelassen, bleibt er aufrecht sitzen! Sensation! Das ganze Haus ist im Nu um sein Bettchen versammelt. Der Herr des Hauses sitzt! Ein aufrechter Mann! In dieser Zeit! Junge, wie wär's, wenn du die Führung übernähmest über dieses Geschlecht der ausgewachsenen Waschlappen! Vielleicht fänden sie Mut, wenn du sie zum Kampfe riefest! Die Stimme dazu hast du.

Kraft ist auch in seiner Stimme, das ist gar nicht zu verkennen. Sie ist merklich gewachsen, und ich kann nur wiederholen, daß das vom »stilleren Geistmenschen« nicht so wörtlich zu nehmen ist. Auch hat der Bariton bedeutend an Höhe gewonnen. Er bringt jetzt Kreischlaute hervor, die er für sehr schön halten muß, weil er sie sehr oft wiederholt, zuweilen 30mal in der Minute. Alle kleinen Kinder machen eine Kreischperiode durch; es ist wenig dagegen zu machen, weil es nicht aus Bosheit entspringt und man also mit Strenge nicht einschreiten darf; es ist das »Juhu!« des Alpenbewohners; aber auf Ohren und Nerven wirkt es genau wie Bosheit, wie manche Sopranstimmen auch nicht bös gemeint sind und trotzdem so wirken. – Es gibt kein anderes Mittel als Ablenkung.

Ich muß eines meiner 93 komischen Gesichter schneiden, nötigenfalls entsprechende Laute dazu hervorstoßen, und wenn das nicht genügt, einen spaßhaften Luftsprung dazu machen; dann wird er aufmerksam, dann lächelt er und vergißt zu kreischen. Und eines Tages muß ich überwältigend gewesen sein; denn er lächelt nicht, er *lacht*, lacht *laut*! O Feiertag, Jubeltag, Frühlingstag, Ostertag! O rötester Tag im Lebenskalender! Der Quell des Lachens in dir ist aufgebrochen, mein Kind! Mög er nun sprudeln bis ans Ende deiner Tage und alle Wurzeln deines Daseins tränken!

Es ist merkwürdig, wie oft ich bete, seit ich Großvater bin!

Eine Dame und Mutter, die gerad auf Besuch bei uns war, hatte das Lachen gehört. »Ist es möglich?« rief sie, »war das der Kleine? So früh hab ich noch kein Kind lachen hören!« Die Gute bedachte nicht, daß unser Kind kein gewöhnliches Kind ist. Wenn das nicht sowieso feststünde, so würde es unverkennbar aus seiner Sprache, aus seiner Unterhaltung hervorgehen.

Ihr lacht natürlich, daß ich bei einem Kind von 3 Monaten von Sprache und Unterhaltung rede. Natürlich kennt ihr keine andere Sprache als die eure und meint, das Kind spreche erst dann, wenn es sich wohl oder übel eurer groben Wörtersprache angepaßt hat. Das Kind spricht vom ersten Augenblick seines Daseins an, und in seiner allerfeinsten, allerbiegsamsten Lautsprache sagt es alles, was es will und was ihm einfällt und was es hört, sieht, fühlt, riecht und schmeckt. Es ist die Sprache, die alle Philosophen und alle Dichter sehnend suchen: die allessagende Sprache. Eure Sprache ist eine abgeworfene Schlangenhaut; das Stammeln des Säuglings ist noch die lebendige Haut seiner Seele, ihr angeformt und folgend in jeder feinsten Regung und Wendung. Wenn ich unser Bübchen frage, wie es geschlafen habe, so antwortet es:

»Mmmmgrrrr ...«, was sich natürlich nur unvollkommen übersetzen läßt. Man könnte versuchen, den Empfindungs- und Vorstellungskreis dieses Wortes ganz von weitem mit »wundervoll« anzudeuten; aber im innersten Sonnenreich des Säuglings ist »wundervoll« ein ganz unzulänglicher Begriff. Wenn ich ihm sein Püppchen zeige, sagt er:

»Ho, ho, hoo ...« (verliert unendlich bei der Übersetzung!); wenn ich ihn aber nach der Mahlzeit an der Mutterbrust frage, wie es geschmeckt habe, so ruft er:

»Ehé! Eijé!!!« mit vielen Ausrufungszeichen, und da es sich hier um Fütterung handelt, so begreift sich leicht der besondere Schwung der Sprache. Einmal aber, als er wieder blütenfrisch in seinem Bettchen aufrechtsaß und ich ihn fragte: »Wie geht's?«, da schwang er seine Klingelbüchse wie einen Thyrsos und rief:

» *Heidéde*!!!!«

»Heidéde!« Da erscheint jeder Versuch einer auch nur andeuten wollenden Übertragung lächerlich. Schiller hat einmal den Versuch gemacht, die Gefühlswelt dieses Wortes einzufangen in den Ausruf: »Königin! O Gott, das Leben ist doch schön!« und für den Marquis Posa und sein Glück mochte das genügen; aber für den Garten Eden, der hinter diesem Kinderauge blüht, ist es ein bejammernswert armseliger Ausdruck. Gewiß, man kann »Heidéde!« in unsere unbeholfene Sprache übersetzen mit:

»Alter Mann, das Leben ist doch schön!«

aber in dem Schallkörper dieser kleinen Brust ist es das Jubelvorspiel des Lebens, gespielt und gesungen von allen Geigen und Engeln aller unverlorenen Himmel.

Mein Enkel hat einen schönen Namen: Gerhard, der Speerharte, Speerkühne, und wird ihm hoffentlich Ehre machen; aber von diesem Tage an heißt er natürlich

Heidéde!!!!! und zwar immer mit vielen Ausrufungszeichen. Es ist ein alter Brauch, daß kleine Kinder nicht mit ihrem gesetzlichen Namen genannt werden. Und gut und recht ist dieser Brauch. Was in solch einer Kinderstube und in einer Mutter Herzen herumhüpft, ist immer nur einmal da. »Gerhard« gibt es viele; aber »Heidéde« kann nur dieser hier heißen, dieser Eine, Einzige. Und so schön Gerhard lautet, »Heidéde« verhält sich zu »Gerhard« wie »Phöbos Apollon« zu »Emil«.

»Phöbos Apollon«! Schon wieder hab ich eine schöne Hoffnung: wenn er auch kein Musaget wird, so wird er doch, hoff ich, ein Freund der Musen werden. Denn er liebt zu meiner unendlichen Freude den Gesang! Wenn er ungezogen schreit – ja ja, selbst dieser Knabe ist nach vier Monaten noch nicht vollendet erzogen! – wenn er also höchst ungnädige, obwohl ungerechtfertigte Organübungen anstellt, so brauch ich nur zu singen, und sogleich verstummt er und horcht mit Augen des sixtinischen Jesusknaben. Und besonders behagen ihm die schönen, runden, dunklen und weichen u-, ü- und o-Laute; darum sind »Kuckuck, Kuckuck ruft aus dem Wald« und »Suse, liebe Suse« seine Lieblingsstücke. Bei ihnen lächelt er glückselig, und wenn ich »Kuckuck!« rufe, lacht er. Es scheint im Kuckucksruf ein ewiger Zauber zu liegen; seit Urwelttagen ist er der lachende Zuruf des Lebens. Wenn ich nach der ersten Strophe stocke, beginnt Heidéde gebieterisch die zweite, ebenso nach der zweiten die dritte und so ins Unendliche. Und zuletzt singt er mit:

»Eijajeijajajaja …«

Das ist Heidédisch und heißt soviel wie »Frühling! Frühling! Es wird Frühling!«

Heidéde, auf deine Augen hin will ich noch einmal an den Ruf des Kuckucks glauben.

II.

Heidéde als Opfer einer Rabenfamilie – Hoheit gehen zur Tat über und bringen es zum Denker, Dichter, Tondichter, Reiter usw.

Natürlich kann ich nicht so lange singen, wie Heidéde es wünscht; ich habe Ruhebedürfnisse und gewisse Lebensaufgaben, deren Wichtigkeit er aber nicht anerkennt. Und wenn ich nun schweige, so kann es vorkommen, daß er in seinem Hunger nach Kunst sehr laut wird und ein ungebärdiges Geschrei von Kraft und Ausdauer erhebt. Was nun?

Ich habe mir vorgenommen, in diesen Aufzeichnungen nicht nur zu erzählen, sondern auch an meine Erzählung hie und da weise Erziehungsgedanken anzuknüpfen, und so mache ich denn darauf aufmerksam, daß hier (aber auch schon viel früher) die wunderschönste Gelegenheit zu der in weitesten Kreisen von jeher so beliebten Kinderverziehung gegeben ist. Man kann schon hier feste, unerschütterliche Grundlagen bauen. Man braucht z.B. nur das schreiende Kind aus den Kissen zu nehmen, es auf den Armen wiegend halbe Stunden lang im Zimmer auf- und abzugehen und zu sagen: »Ach, mein armes Würmchen, was fehlt dir denn? Du hast gewiß Bauchschmerzen oder Zahnweh oder Arterienverkalkung; du möchtest wohl Zucker haben, ja du sollst Zucker haben, usw.« und braucht ihm dann nur etwas Zucker zu geben, um mit Sicherheit darauf rechnen zu können, daß das Kind den Kausalnexus zwischen Geschrei und Zucker sofort begreift, daß es am nächsten Tage zweimal Zucker möchte, am darauffolgenden viermal, kurz, daß die Zuckerkrankheit im Quadrat der Tage zunimmt. Mit dieser Zuckerkrankheit kann man sehr wohl einen Menschen zugrunde richten und dabei noch das lebhafte Gefühl haben, daß man ein ungemein zärtliches, überaus liebevolles Eltern- oder Großelternherz besitze.

Wir, d.h. die gesamte Umgebung Heidédes: Eltern, Großeltern, Tanten, Onkel, ja, sogar Else, das verständige Dienstmädchen, sind ein herzloses Gezücht, eine wahre Rabenversammlung. Wenn wir uns versichert haben, daß Hoheit sofort lächeln, sobald gesungen wird, und sogleich wieder brüllen, wenn der Gesang verstummt, lassen wir Hoheit kaltlächelnd allein und lassen Sie solange brüllen, bis es Ihnen selbst zu dumm wird. Das tritt, da Heidéde ein einsichtsvolles Kind ist, schon nach verhältnismäßig kurzer und bei jeder Wiederholung nach immer kürzerer Frist ein. So schlau, sich zu sagen: »Wenn du nur durchhältst, werden sie zuletzt doch mürbe,« so schlau ist Heidéde noch nicht; das kommt erst später; diese Ausdauer würde ihm auch kaum etwas nützen; denn er hat es, wie gesagt, mit steinernen Herzen zu tun, mit Herzen, die fest genug sind, das ganze Elend durchzufühlen, das sie einem Kinde durch Unterwerfung unter seine Launen für ein ganzes, langes Leben bereiten könnten.

Niemand wird glauben, daß wir uns berechtigten Wünschen Sr. Hoheit verschlössen und nicht mit der Zeit fortschritten. Heidéde will nicht mehr immer schlafen; er will öfters aufrechtsitzen; er strampelt, daß ich zuweilen auf den Gedanken komme, er habe vielleicht ursprünglich eine Zwillings-Dampfpumpe werden sollen; jedenfalls haben wir in ihm ein großes Radfahrertalent zu erhoffen, und er vollführt das alles mit gespannt geöffnetem Munde und mit der Miene eines Beamten, der von der Wichtigkeit seines Dienstes bis in jede Faser hinein erfüllt ist. Er will öfter aufgenommen werden; er bäumt und sträubt sich, wenn ihm etwas nicht paßt, wie ein besserer Aal; er greift selbst nach Löffel und Flasche, wenn sie ihm geboten werden, führt sie zum Munde und hält sie fest, um allen unangenehmen Möglichkeiten vorzubeugen. Mangel an Selbsterhaltungstrieb kann man ihm nicht vorwerfen. Überhaupt entwickelt sich in ihm die Welt als Wille vollkommen befriedigend, wenn auch nicht in Schopenhauers Sinne – nun aber erst seine Vorstellungswelt, sein Geist!

Er beobachtet nicht nur uns, wenn wir an seinem Wagen stehen; beim geringsten Geräusch richtet er sich auf und blickt genau nach der Richtung, woher es kommt; jede neueintretende Erscheinung nimmt er sogleich mit Ohr und Auge wahr. Mehr: er beobachtet nicht nur belebte und bewegte Gegenstände, er betrachtet nacheinander auch die toten Dinge im ganzen Zimmer mit der Anspannung eines Indianers, der eine Fußspur untersucht. Wenn ihm ein Spielzeug aus dem Wagen gefallen ist, sucht er es genau an der Stelle, wohin es gefallen: die Kategorie des Raumes ist in ihm wirksam. Mehr: wenn wir zu mehreren an seinem Bette stehen, geht sein forschender Blick etwa zur Mutter, dann zum Vater, dann zu mir, dann zurück zum Vater, zur Mutter und wieder zu mir – er *vergleicht*! Hoheit sind mit den Vorarbeiten zur Vorstellungs- und Begriffsbildung beschäftigt, haben wohl schon früher damit begonnen; denn sonst würden Sie wohl Mutterbrust, Flasche und Löffel nicht schon so sicher von anderen, weniger anziehenden Gegenständen unterscheiden. Immer häufiger macht er jenes erfreuliche, zu den besten Hoffnungen berechtigende »dumme Gesicht«, das wir immer machen, wenn wir mit ganzer Sammlung in die Welt schauen, das berühmte dumme Gesicht, das die klugen Menschen sich bis ans Ende ihrer Tage bewahren, das Gesicht des Staunens, das aller Weisheit Anfang ist. Merkwürdig ist dabei die Verschiedenheit seines Gesichtsausdrucks im Liegen und im Sitzen. Liegend hat er das dämmernde, träumende, runde und weiche Gesicht eines glücklich und erfolgreich vegetierenden Säuglings; aufgerichtet, zeigt er ein längeres, schmäleres, »durchgeistigtes« Gesicht mit nicht mehr träumenden, sondern wachen, redenden Augen. Natürlich hat sich inzwischen auch der Sprachschatz Heidédes bereichert. Er sagt schon

»A – dadadada .....«, so daß ich ihm das Reifezeugnis eines Dadaisten ausstellen konnte und »ngrrr ....« und »habrrrrr«

An »habrrr« aber knüpft sich ein Ereignis. Als er wieder einmal »habrr« machte, trat dabei etwas Speichel hervor, und das fand Serenissimus unterhaltend. Er wiederholte es also. Bis ich endlich mit (nach meiner Meinung) gut betonter ästhetischer Empörung ausrief:

»O o o o!« worauf dann aus Heidédes ambrosischem Mäulchen ein wahrhaft olympisches, herzverjüngendes Gelächter brach. Natürlich folgte auf dieses Gelächter sofort wieder »Habrrrr«! mit Speichel, und natürlich, da Säuglingsgelächter schöner als Nachtigallen ist und ich ein alter Schwächling bin, folgte darauf »O o o o!« und das Gelächter aus Heidédes Himmel. Endlich hatte der Kleine ein Einsehen und ging zu einem andern Spiel über. Ich hielt die Angelegenheit damit für erledigt. Kaum aber hatte Heidéde mich andern Tags erblickt, als er mit. herausfordernder Deutlichkeit »Habrrrr!« mit Speichel machte.

Also hat er nicht nur schon ein beachtenswertes Gedächtnis – das hat er natürlich schon länger – auch die Kategorie der Kausalität ist schon in ihm lebendig. Er sagt sich: Jedesmal, wenn ich »Habrrrr!« mache, macht das bebrillte Etwas da: »O o o o!«, und dann gibt's einen Spaß. In dem »jedesmal« hat er sich dann allerdings geirrt.

Er hat ja auch so viele andere Vergnügungen! Z.B. meine Manschettenknöpfe, meine Hemd- und Rockknöpfe. Ich muß sie alle herzeigen, einen nach dem andern, und er zeigt das redlichste Bestreben, sie auszureißen oder abzupflücken. Wie wohlfeil sind noch die Märchen dieses Alters! Die hängende Klingel unter der elektrischen Krone ist ein Märchen; man kann daran zerren, und wenn der Großvater sie anstößt, macht sie »Bimmel bammel beier.« Ein Licht- und Farbenspiel ist die grüne Glastür zu meinem Arbeitszimmer. Er strebt immer wieder danach hin; sie scheint ihn zu entzücken wie uns ein herrliches Kirchenfenster, durch das die Sonne scheint. Auch kann man mit den Händchen darauf patschen, daß es klirrt, und der alte Herr mit der Brille trommelt wunderbar darauf den Torgauer Marsch, so daß man geradezu in Begeisterung gerät. Und welch ein Märchen ist gar erst der aus wohl abgestimmten, hängenden Messingröhren bestehende Gong, der zu den Mahlzeiten ruft! Er funkelt, schwingt und klingt, und man kann nicht genug von ihm kriegen. Die ganze Welt ist eine Märchenwelt, wenn man klug ist wie die Säuglinge und den Schlüssel zu dieser Welt noch nicht verloren hat. Und wenn nun gar der große Vater einen auf beiden Händen hoch emporhebt, daß man jauchzen muß! Heidéde ahnt noch nichts von der Gefahr, daß er fallen könnte. Die Kindheit schlummert süß im Rachen des Löwen. Eigentlich tun wir's unser ganzes Leben lang.

Aber man beschränkt sich keineswegs mehr auf das Erleiden; Hoheit gehen zur höchsteigenen Tat über. Sie haben nur ein paarmal auf Großvaters Knien einen Spazierritt gemacht nach der Weise:

>»Hoppe hoppe Reiter,
Wenn er fällt, dann schreit er;
Fällt er in den Graben,
Fressen ihn die Raben;
Fällt er in das Gras,

Wird ihm die Nase naß;
Fällt er in den Sumpf,
Sagt es: Plumps!«

wobei man dann den Sonntagsreiter hintenüber vom Gaul
plumpsen läßt, als Hoheit auch die Sache schon begriffen haben.
Man braucht nur »Sumpf« zu sagen, als Sie sich auch schon höchst-
eigenkräftig vom Pferd werfen, und bald riechen Sie den Braten
schon bei den Worten »Fällt er«. Und wenn wir ein Tuch vors Gesicht halten und »mumm mumm mumm« sagen, dann das Tuch
sinken lassen und »kiiik!« rufen, dann bedeutet Heidéde uns bald:
das kann ich auch! hebt seine Bettdecke vors Gesicht und taucht
dann blitzartig mit sieghaftem Lächeln wieder empor. Dumm ist
der nicht.

Wie sollt er auch wohl dumm sein; er stammt ja nicht von
schlechten Eltern oder Großeltern. Wie begabt ich selbst bin, ersehe
ich daraus, daß ich nach und nach in die Paradiesessprache
Heidédes eindringe. Dreierlei hab ich schon herausgebracht: »Hä!
Hä!« heißt »Das ist schön, das gefällt mir!« und »Addá! Addá!«
bedeutet: »Das möchte ich haben, her damit!« Der Ausdruck höchsten Entzückens und Verlangens aber ist das mit vulkanischer Jubel-
kraft hervorgestoßene: » *Daida*!!!« (Man beachte die Wurzelver-
wandtschaft mit »Heidéde!«) Mit der Zeit hoffe ich noch zu enträt-
seln, was »jeigegegegebababa« und »wowowobabbaba« bedeutet;
vorläufig ist mir das noch dunkel. Dagegen scheint »heididdiddéi-
deidei!« soviel zu bedeuten wie: »Ich möcht mich zerreißen vor
Vergnügen!«

Mittlerweile hat sich Heidéde zum Dichterkomponisten entwickelt. Wir haben ihm wohl auf einer Pfeife oder Mundharmonika
etwas vorgeblasen; seitdem, wenn er einen Gegenstand, etwa eine
Wäscheklammer, in den Mund steckt, beginnt er alsbald einen
Sprachgesang darauf zu blasen, ein Musikdrama mit Text, Vokal-
und Instrumentalmusik von 1 – 2 Tönen, in unserer Zeit, da alle
Komponisten dichten, aber keine Melodie finden können, eine
durchaus gewöhnliche Erscheinung.

Ich knüpfe daran keine übertriebenen Hoffnungen.

III.

Der Zauberspiegel und der erste Zahn des Geistes – Die Büchse mit Fruchtmus wird zugeklappt und Heidédes Charakter gebrochen.

Aber eins erfüllt mich mit hohem, berechtigtem Stolz: Dieser lebensprühende kleine Kerl, der zwitschern und lachen kann wie Kuckuck und Lerche, kann auch stundenlang schweigend in seinem Bettchen sitzen und sich ganz allein mit ein paar Hölzern, d.h. mit sich selbst beschäftigen: Und dies ist wieder ein Gebet, mein Kind: diese Kraft möge bleiben in dir und wachsen! Solange es Menschen gibt, hat man die lichten Seelen daran erkannt, daß sie allein sein konnten. Menschen sind zuweilen gut und unentbehrlich; aber sie nicht brauchen, ist eine der größten Gnaden des Himmels. Sich niemals langweilen können, solange man allein ist, das ist der beste Lebensunterhalt. Sich vor der Welt da draußen zuschließen können, weil man drinnen für hundert Jahre Proviant hat, das ist Reichtum.

Also die *mens* ist *sana;* ob das *corpus* wohl auch *sanum* ist? Ich sollt es denken. Der Kinderwagen wird bald ausgedient haben; sein Bewohner zeigt immer häufiger Neigung und Befähigung, über Bord zu klettern. Und hier kann ich nun auch endlich die Mitteilung los werden, die mir schon lange auf der Seele liegt, daß nämlich aus dem häßlichen jungen Entlein ein rosig weißer Schwan, aus dem neugeborenen Äffchen längst ein hübscher Kerl geworden ist. Raffael oder Andrea della Robbia hätten hohe Modellgelder für ihn gezahlt. Ich kann für seine Schönheit schriftliche und gestempelte Zeugnisse völlig unbeeinflußter Personen beibringen, sogar überraschte Bewunderungsausbrüche von anderen Müttern. Natürlich bemerke ich das alles ohne jede Spur von Eitelkeit und nur deshalb, weil von dem Großvater nicht ohne weiteres auf einen schönen Enkel zu schließen wäre. Der Junge soll mir allerdings merkwürdig ähnlich sehen; aber das sagt bekanntlich nichts; ich könnte verblüffend dem Endymion ähneln, ohne daß Selene mich nächtlicherweile aufsuchte und mir 50 Töchter schenkte. Auch sprech ich von der Schmuckheit des Buben nicht, weil ich sie für ein zweifelloses Glück hielte. Körperliche Schönheit ist die beste Visitenkarte, sagt man; aber das ist's eben: diese überall gültige Einlaßkarte verschafft ihrem Inhaber zu leicht den Zutritt zum Jahrmarkt des Lebens, erspart ihm aber, wenn's Ernst wird, keine Kosten. Abschreckende Häßlichkeit hat zwar immer mein tiefstes Mitleid erregt; eine mäßige Häßlichkeit aber scheint mir, wenigstens bei Männern, einer jener wertvollen Steine im Wege, die zum Springen nötigen. Überdies verschwindet eines Menschen Häßlichkeit sogleich, wenn man ihn liebgewonnen hat; dies ist das wahre Geheimnis der Kosmetik. Daß ich bei alledem als Mensch und Künstler an dem Burschen meine Schönheitsfreude habe, will ich natürlich nicht leugnen. Das würde schon daraus hervorgehen, daß ich mich gelegentlich nicht entbrechen kann, in seinen Wagen hineinzurufen: »Du *Zucker*kerl!!« mit besonderem Nachdruck auf dem »Zucker«. Aber das berichte ich eigentlich aus einem anderen Grunde. Jedesmal, wenn ich ihm mit einer kräftigen, schnellen Beugung des Oberkörpers zurufe: » *Du Zuckerkerl!*« lacht er laut aus Herzensgrund. Warum? Er versteht weder, was »Zucker« noch was »Kerl« noch was »Zuckerkerl« ist, und am wenigsten weiß er – gottseidank! – daß er selbst einer ist; sonst würd ich's ja nicht zu ihm sagen; er soll ja nicht Operntenor, sondern nur Bariton werden. Also was an meinem Zuruf ist ihm erheiternd und komisch? In dem plötzlichen Vorneigen des Körpers und der Stärke meines Tones liegt zunächst der Bestandteil der Überraschung, und die Überraschung, sagt man, sei ein wesentliches Merkmal der Komik und des Witzes. Aber es gibt auch plötzliche Bewegungen und Laute, die ihn erschrecken und zum Weinen bringen; also kann es nicht die Überraschung allein sein. Er empfindet ohne Zweifel aus meinem Ton und meiner Miene die Freundlichkeit der Annäherung heraus; es ist also eine freundliche Überraschung, sozusagen ein leichtes, angenehmes Erschrecken, das ihm gefällt. Weitere Merkmale der Komik vermag ich hier nicht zu entdecken. Den Unterschied zwischen freundlichen und strafenden Mienen, zwischen schmeichelnden und strengen Tönen fühlt er seit langem, fühlen Kinder überhaupt sehr früh; sie können diese Unterscheidung nicht gut machen auf Grund logischer Schlüsse aus begleitenden Handlungen, wo solche Handlungen nicht vorliegen; auf den bloßen heiteren Zuruf brechen sie in Lachen aus; auf den bloßen drohenden Blick und Ton verstummt ihr willkürliches Geschrei – und dies Vermögen scheint mir eines der zahlreichen Wunder, die der Mensch bei seiner Geburt mitbringt. Auch über meine komischen Gesichter lacht Heidéde frei und unwillkürlich heraus; keiner hat's ihn gelehrt. Ich glaube auch nicht, daß er sich in solchem Falle sagt: »Das Komische ist eine aus zwei Elementen zusammengesetzte Erscheinung, von denen das eine unberechtigter Weise einen Wert beansprucht, der durch den Widerspruch des anderen zerstört und aufgelöst wird.« Ich denke, den empfänglichen Zauberspiegel für das Komische setzt uns der Schöpfer ins Herz, sobald wir empfangen werden (oder früher), wie die Spiegel für Raum, Zeit, Kausalität und andere Dinge.

»Und andere Dinge!« Z.B. den Rhythmus. Heidéde hat jetzt das »Gesamtkunstwerk«, die »Synthese der Kunst« vollendet: er macht zu seiner Musik und Dichtung mit Vorliebe rhythmische Bewegungen; Malerei und Plastik sind durch seine eigenste Körperlichkeit würdig vertreten. Sein Rhythmus ist zwar noch einfachster 3/4-Takt wie der des Uhrpendels; aber er ist richtig gemessen, und so dämmert mir die süße Hoffnung, daß Heidéde musikalisch werde. Für die Tonhöhe kann das Ohr sich schärfen, und der unreine Sänger kann durch Übung reinlich werden; wo aber nicht eingeborener Rhythmus ist, da kommt in Ewigkeit keiner hin, und *oleum et opera* der vereinigten Musiklehrerschaft sind an solchem windschief Geborenen verloren. Heidéde scheint auch seelisch regelmäßig gewachsen zu sein; hat er doch auch Freude am Uhrpendel und ahmt seine Bewegung nach mit Vergnügen und Geschick.

Und dann? Als meine Frau ihm eines Tages mit Pendelbewegung ihres Körpers vorsagt:

»Ticke-tacke-ticke-tacke« – was geschieht da? Er wendet jäh den Kopf und blickt nach der Wanduhr! Die Sonne ist ihm aufgegangen, die Sonne *unserer* Welt! Die erste Verbindung von Wort und Vorstellung ist da; Heidéde beginnt unsere Sprache zu verstehen! Den ersten Zahn feiert man wohl mit einer Flasche Wein. Mit weit größerem Recht könnte man diesen ersten Zahn des Geistes, diese aufflammende innere Erleuchtung mit äußerer Festbeleuchtung, Fanfaren und Feuerwerk feiern, wenn – ja: *wenn* es ein Glück ist, daß das Kind sich uns Erwachsenen nähert, daß es *unsere* Weisheit lernt und aus dem Paradies den ersten Schritt in unsere Welt tut. Diese Frage müßte vor dem Feste gelöst werden.

Und aber eine göttliche Gabe ersprießt offenbar schon mit dem ersten Keim des Kindes, wenigstens eines gesunden Jungen: das nie zu ersättigende Bedürfnis nach Radau. Das ist nun freilich etwas sehr Selbstverständliches; mit jedem lebendigen Wesen wird lebendige Kraft geboren, die sich betätigen will. Wir bringen diesem Bedürfnis natürlich weitestgehendes Verständnis entgegen, obwohl Serenissimus bei guter Laune wie eine kleine Schiffszimmerwerft, im Zustande der Begeisterung wie eine Kesselschmiede arbeiten und endlich in höchster Ekstase zum Trommelfeuer übergehen. Und da Atmungs- und Sprechwerkzeuge genau so gut ein Recht auf Arbeit haben wie Arme und Beine, so üben Se. Hoheit auch die Kunst der höheren Musik, will sagen: des Kreischens, Schreiens und Juchzens, nicht nur in altem, sondern in gesteigertem Maße. Nun kann man aber schon aus einem ziemlich kleinen Kinde u.a. auch einen Tobsüchtigen machen, und das liegt nicht in unserer Absicht. Abgesehen davon, daß wir dem Buben, wenn er am Fußboden arbeitet, die besser polierten Gegenstände entziehen und ihm kein Meißner Porzellan zu bearbeiten geben (etwa »weil er es nun doch mal so gern mag«!) – wir erlauben uns auch, gelegentlich seinen Hochgesang abzuschneiden. Und dann begibt sich etwas sehr Bemerkenswertes. Wenn wir mit ernstem Blick und Ton: »Ssst!« oder »Ruhig!« rufen, so geht er zunächst darüber hinweg und kreischt weiter, wenn auch ein wenig gemäßigt. Wenn wir dann mit erhöhtem Ernst Ruhe gebieten, versucht er es mit einem Schrei von halber Dauer. Wenn wir darauf mit abermals erhöhter Strenge Schweigen befehlen, riskiert er noch einen Viertel-Schrei, und bei allem beobachtet er uns auf das schärfste, bis er endlich verstummt. Heidéde nimmt den Kampf mit der Welt auf. Aber vorläufig hilft ihm das nichts; sein »Charakter« wird ohne Gnade »gebrochen«. Ich werde noch weiter davon zu reden haben, in welch empörender Weise der Charakter dieses Kindes gebrochen wird.

Es geht schon aus früher Gesagtem hervor, daß wir in der körperlichen Erziehung des Prinzen den ritterlichen und der Gesundheit so außerordentlich zuträglichen Reitsport nicht vernachlässigen. Täglich mehrere Male unternehmen Hoheit Heidéde – oder, wie Sie sich im engsten Familienkreise auch leutselig anreden lassen: Buzi der Erste – einen längeren Spazierritt auf Vaters oder Großvaters Schenkel oder Schulter. Den Galopp ziehen Hoheit den ruhigen Gangarten vor und begleiten ihn mit Jauchzen. Wenn das betreffende Roß nicht rechtzeitig bereit ist oder nach längeren Strapazen stätisch wird und nicht mehr mag, dann deutet der hohe Herr durch höchsteigene Hopsbewegungen an, daß er zu reiten oder noch mehr zu reiten wünsche; auch gibt er durch beschleunigtes, höheres Hopsen zu erkennen, daß er endlich den Übergang vom Trab in den Galopp zu belieben geruhe. Nachahmung der gewünschten Handlung ist einstweilen sein geläufigstes Verständigungsmittel. Und er weiß seine Wünsche mit erfreulicher Entschiedenheit deutlich zu machen. Ich bilde mir nichts darauf ein, daß er das gekochte Ei auf dem Frühstücksteller und die Büchse mit Fruchtmus sehr genau kennt; denn die Futterintelligenz entwickelt sich überall, auch bei den Tieren, am frühesten und kräftigsten. »Ei?! Ei?!« stößt er hervor, was aber nicht, wie eine eitle Mutter behaupten würde, mit dem lateinischen *ovum* gleichbedeutend, sondern das bekannte heidédische Empfindungswort des Wohlbehagens ist, das wir in unsere Sprache hinübergerettet haben. Er sperrt dabei das entzückende Mäulchen – da ihr's nicht seht, könnt ihr meine Begeisterung natürlich nicht verstehen – also er sperrt dabei das begeisternde Mäulchen – es gleicht einer roten Knospe, die soeben aufgesprungen ist – er sperrt also das hinreißende, überwältigende Mäulchen – ich komm von dem Mäulchen nicht los! – er sperrt es auf wie ein junger Star, der über den Nestrand der heimkehrenden Mutter entgegenlungert. Aber trotz dieses überirdisch schönen Schnabels bekommt er von dem Ei nur wenig, weil die Ärzte diese Kost in seinem Alter nicht für dienlich halten. Die grenzenlose Liebe, die in ein zartes Kind an Eiern, Milch und Butter hineinschüttet, was hinein will, mangelt uns gänzlich. Bekanntlich gibt es Leute, die den Begriff der Überernährung für eine Erfindung geiziger, entmenschter Kindermörder halten und der Überzeugung leben, daß man alles in der Welt multiplizieren könne. Solche Multiplikationsidioten gibt es übrigens auf allen Gebieten, heute besonders in der Politik. In unvergleichlich reicherem Maße als über das Ei darf Buzi I. über das Fruchtmus verfügen, obwohl er natürlich auch hier nicht unumschränkter Herrscher ist. An einer bestimmten Stelle klappt die Büchse zu; das ist natürlich ein Eingriff in die Freiheit des Kindes, für Magen und Darm aber sehr gesund.

IV.

Heidéde als Dschingiskhan, als Entdecker (wer wünscht sein Autogramm?) – als Südpolfahrer, als Bürokrat, als Dienstmädchenverehrer und als Schneider.

Man darf übrigens nicht glauben, daß Heidéde nur sinnlichen Genüssen zugänglich wäre; seine künstlerische Freude an schönen Gegenständen ist – wenigstens nach erfolgter Sättigung – nicht minder groß. Die neuesten Märchen seiner Anschauungswelt sind die blitzenden Mundtuchringe und die blitzenden Teelöffel. Diese Dinge funkeln nicht nur; man kann die Ringe wundervoll über den Tisch rollen und auf den Fußboden fallen lassen; man kann sie siebenhundertmal aus dem Wagen werfen, so daß die Erwachsenen mit dem Aufheben eine ausreichende Leibesübung haben, und man kann sie mit allerhöchster Genehmigung in den Mund stecken. Kleine Kinder haben nicht nur ein ständiges Bedürfnis zu beißen; sie sind wie die Chemiker, die alles mit der Zunge und vorwiegend mit der Zunge prüfen, ohne Rücksicht auf die Appetitlichkeit der Gegenstände; der Mund ist bei ihnen ein wichtiges Untersuchungsorgan, das Auge, Ohr und Hand unterstützen muß. Ringe und Löffel müssen Heidéde bei jeder Mahlzeit ausgeliefert werden; wenn man sie ihm aber wegnimmt und andere Gegenstände dafür hinlegt, dann fegen Hoheit mit einer einzigen großen Herrscherbewegung alles vom Tisch herunter und sagen auf Heidédisch: »Das Zeug könnt ihr für euch behalten!« In gebührender Rücksicht auf diese Eigentümlichkeit des Monarchen werden ihm neuerdings Gegenstände aus Glas und Porzellan möglichst ferngehalten. O ja, Hoheit machen kurzen Prozeß, und Sie haben Launen, echte Despotenlaunen! Z B. beim Speisen. Mitten im Essen gefällt es Höchstihnen, den nächsten Löffelvoll nicht mehr von der Mutter, sondern von der Großmutter oder von mir oder von einer Tante kredenzt haben zu wollen. Oder die Mutter muß bei jedem Löffel »Happ, happ!« sagen oder sonst ein Mätzchen machen; dann zeigen sich Hoheit geneigt, weiterzuspeisen. Als vollendeter Herrenmensch aber zeigt er sich, wenn ich nach dem Mittagessen auf dem Sofa liege und er auf meinem Schoße reitet. Nach dem Ritt erhebt er sich, stellt sich auf mein linkes Schienbein und versucht, den schweren marmornen Schiller vom Bord zu holen. Wenn er daran gehindert wird, versucht er dasselbe mit einem schweren Bronzeleuchter. Wenn auch das nicht gern gesehen wird, geht er zu dem anderen Leuchter über und danach zu dem marmornen Goethe. Daß alle diese schweren Dinge mir auf den Leib fallen würden, zieht er offenbar nicht in Erwägung. Dabei bewegt er sich zwanglos von meinem Schienbein über Schenkel, Unterleib, Magen, Brust und Hals in mein Gesicht, allwo er mir mannhaft den Fuß aufs Auge setzt, wie Wilhelm von der Normandie ihn auf Engelland setzte. Er geht sozusagen über Leichen, wie es die unschuldigen Kinder alle tun. Von einem bewußten Nietzscheaner würde ich mir das niemals gefallen lassen; aber über diesen unbewußten muß ich jedesmal so herzhaft lachen, daß er bei solchem Erdbeben den Halt verliert und mir in die Arme fällt.

Immerhin: wenn er sich zum Despoten entwickeln sollte, er wird zweifellos ein aufgeklärter Despot! Man denke: Meine Frau legt ihn eines Morgens auf ihr Bett, und da sie ihm ein Vergnügen bereiten möchte, so dreht sie die elektrische Nachtlampe auf dem Nachttischchen an. Folgenden Morgens legt sie ihn auf dasselbe Bett. Im Nu dreht er das Köpfchen der Lampe zu, streckt das Ärmchen danach aus und macht »Äh! äh!« Er sagt sich: Hier war ich schon einmal, und da gab es Licht! Das muß wieder sein! – Ist das Beobachtung? Ist das Gedächtnis? Ist das Genialität? Aber das ist ja noch garnichts.

Mein Arbeitszimmer hat ein Fenster nach Norden und eins nach Süden. Ich stell ihn auf eine der Fensterbänke, damit er hinausschaue. Jedesmal dreht er sich augenblicks herum und schaut nach der Gegenseite: Da ist noch so ein Fenster! Na? Ist das für einen 3/4jährigen eine Leistung? Aber das ist auch noch nichts.

Im Speisezimmer zünde ich mir bei hellem Tag eine Zigarre an. Er schaut selig in die Flamme und dann – neigt er das Köpfchen und blickt von unten her in die Kuppel der elektrischen Krone: Da leuchtet's auch zuweilen so! Licht und Licht verbindet sich ihm zum Begriff. Na?? Ist das etwas?? Nein, das ist noch immer nichts.

Daß das große Ding an der Wand mit dem weißen, kreisrunden Gesicht, dem blanken Hin und Her und dem schönen, tiefen Stundenklang »Tick-Tack« heißt (er sagt »Ti-Ta«), das weiß er. Da sitzen wir beiden einstmals auf dem Fußboden und spielen miteinander. Im Laufe unserer Unterhaltung zeige ich ihm meine Taschenuhr, während ich zwischen ihm und der Wanduhr sitze. Ich halt ihm die Uhr ans Ohr – das Geräusch scheint ihm merkwürdigerweise unangenehm zu sein wie ein Floh im Ohr; er winkt ab – dann laß ich durch einen Druck auf die Feder die Kapsel aufspringen – das gefällt ihm besser. Er nimmt die Uhr in die Hand, betrachtet das Zifferblatt, und dann – ja dann beugt er sich weit an mir vorbei, blickt auf die Wanduhr und sagt: »Ti-Ta!«

Nun, ist das vielleicht eine Leistung, oder ist das keine Leistung? Ist hier nicht vielleicht etwas grenzenlos Gelehrtes vor sich gegangen: die Vereinigung der *notae essentiales* der Uhr zur *notio* »Uhr«? Bin ich nicht vordem viel zu hart gegen die Mütter gewesen? Ist es nicht mehr als begreiflich, daß eine unberatene Mutter in solch ein Geschöpf eine Milliarde Eier, einen Gaurisankar von Butter und einen Amazonenstrom von Milch hineinfüttern möchte? Daß ich Autogramme von diesem hervorragenden Manne sammle, ist wohl mehr als begreiflich; wenn er auf meiner Fensterbank steht, laß ich ihn denn auch mit seinen warmen Vorderpfötchen gegen die frischgeputzten, kühlen Fensterscheiben patschen, soviel er will!

Ja, wenn er auf meiner Fensterbank steht! Jedes der zwei gewaltigen Fenster hat mindestens 10 Riegel, Haken oder Klinken. Jeden oder jede dieser Riegel, Haken oder Klinken muß er dann öffnen oder wegschieben oder wenigstens anfassen und daran rütteln; leider sitzt alles fest und ist nicht entzweizukriegen. Jedes Fenster hat auch zwei Läden; sie müssen aus der Wand hervorgezogen und wieder hineingeschoben werden. Wenn das eine Fenster besorgt ist, muß das andere dran; Heidéde schenkt mir keinen Haken, keinen Riegel, keine Klinke, keinen Laden. Für die hochsitzenden muß ich selbst auf einen Tritt steigen und ihn emporheben.

Wär ich nun ein eingebildeter Großvater, so würde ich sagen: »Dieser Knabe wird, wenn er den Südpol entdecken will, vor dem 90. Grad nicht umkehren!« Es ist ja auch möglich, daß es so komme; aber vielleicht handelt es sich auch nur um einen Bürokratismus des Kindes. Das Kind hat noch kein eigenes Urteil, darum ist es Bürokrat und tut bei jeder Wiederholung genau dasselbe, was es früher getan, wie etwa ein Registrator seine Liebesbriefe mit einem Aktenzeichen versieht, weil er's bei all seinen Schriftstücken getan. Natürlich handelt sich's bei meinem Enkel nur um den allgemeinen kindlichen Bürokratismus; daß er im besonderen Anlage zum Pedanten hätte, glaub ich nicht. Ein Pedant liegt stets genau in der Längsrichtung des Bettes, den Kopf auf dem Kopfkissen, die Beine hübsch geradegestreckt, und so bleibt er liegen. Es gibt nichts, was Heidéde peinlicher vermiede als diese Lage; jede andere ist ihm lieber und wird von ihm erprobt. In Stellungen, die man für ausgeklügelte Erfindungen eines Foltermeisters halten sollte, schläft er mit besonderer Inbrunst. Jüngst fand ich ihn am untersten Ende und genau in der Querrichtung des Bettes liegend. Ich machte seine Mutter darauf aufmerksam, daß auf diese Weise in dem einen Bette sieben Kinder Platz hätten. Sie fand das nicht sparsam und winkte lachend ab. Und doch ist es eigentlich die beste Sparsamkeit, dem Vaterlande viele Kinder zu schenken. Der Deutsche der Gegenwart und Zukunft wird mindestens 12 Kinder haben, besonders Söhne.

Mit meinem Großsohn müssen wir noch einmal auf die Fensterbank zurück. Dort fährt nämlich alle 10-20 Minuten die Vorortsbahn vorbei, und für ein Kind ist die Eisenbahn ein so gewaltiges Schauspiel, daß sie schon um dessentwillen erfunden werden mußte. Und nun erst am Abend, wenn sie von hundert Lichtern blinkt und die Leitungsdrähte gelbe und blaue Funken sprühen! Dann gibt es nur eins, was noch schöner – allerdings gleich siebenmilliardenmal schöner ist: das sind die Augen des Buben. »Ba! Ba!« ruft er, wenn sie vorüber ist; das soll »Bahn« heißen und bedeutet, sie solle wiederkommen. Er glaubt nämlich noch, der Fahrplan aller Dinge gehorche unseren Wünschen. Da das bekanntlich und zum Glück nicht der Fall ist, so ruft er lauter und lauter »Ba!! Ba!!«

> »Stentorn gleich, dem starken, an Brust und eherner
> Stimme,
> Dessen Ruf laut tönte wie fünfzig anderer Männer.«

Der wird nicht nur den Almaviva, der wird auch den Pizarro und den fliegenden Holländer singen, und die Posaunen Wagners werden ihn nicht überwältigen.

»Ba ....« ist nach »Ti-ta« nun das zweite Wort unserer ärmlichen Sprache, das er spricht; von nun an wird er täglich mehr die Vogel-, Menschen- und Engelsprache Edens verlernen ....

»Ba ....« ist ein leichtes Wort. Außer den Vokalen sind es die Lippen- und Zahnlaute, die ihm am leichtesten fallen: b, m, w, d, t, n, dazu j und l.

Und eines Tages sagt er »Mamma«. Ei, das gab wohl ein großes Fest, und alles lief herzu, am schnellsten die Mutter, um aus diesem Munde den höchsten Titel zu empfangen? Ach nein, sie sieht zu gut und ist zu stark, um voreilig zu glauben. Ohne Zweifel unterscheidet er sie längst zu ihrem Vorteil von anderen Frauen; aber einen Namen hat er noch nicht für sie. Ihre große Stunde ist noch nicht gekommen. Kluge Leute haben gemeint, daß mamma, mamme, mammia usw. das Schnappen der Lippen nach der Mutterbrust sei. Möglich, daß Heidéde nur in solchen Erinnerungen schwelgte, als er »Mamma« sagte. Möglich auch, daß er das Wort nur »prägte«, weil es so leicht von der Lippe fällt. Oder war es noch ein Wort aus besserer Welt?

»Anna Nin«, sagt er eines Tages gedankenvoll. Wer ist »Anna Nin?« War sie seine Braut im Paradiese? Seine Spielgefährtin?

> »War sie wohl in abgelebten Zeiten
> Seine Schwester oder seine Frau?«

Daß ihm eine angeborene Neigung zum anderen Geschlecht innewohnt, ist immerhin wahrscheinlich und schließlich ja nur erfreulich. Wenn geklopft wird, blickt Heidéde sofort nach einer bestimmten Tür; er weiß, daß sie sich jetzt öffnet und wahrscheinlich eine bestimmte Person eintritt: Else, das Dienstmädchen. Offenbar liebt er Else; er lächelt sie an, solange sie da ist; man kann es geradezu »poussieren« nennen.

> »Ein jeder Jüngling hat wohl mal
> 'n Hang zum Küchenpersonal.«

Else, das Klopfen und der »Herein«-Ruf sind ihm noch eine untrennbare Vorstellungskette. Wenn ich an seinen Wagen klopfe oder

»Herein«! rufe, blickt er sofort nach der gewissen Tür. Und wenn die Eisenbahn trotz seines gebieterischen, wahrhaft imperatorischen »Ba!! Ba!!!« nicht kommen will und ihn nach anderer Lust verlangt, wenn er dann an meiner Uhrkette zerrt, um die »Ti-Ta« hervorzuholen und auch diese nicht kommen will, weil sie für solche Taschendiebe zu fest sitzt, statt ihrer aber der am anderen Ende der Kette befestigte Zigarrenabschneider aus der anderen Westentasche rutscht, dann betrachtet er diesen mit Aufmerksamkeit, sieht mich an und sagt »Ti-Ta«. Und dann hält er den Zigarrenabschneider ans Ohr. Alles, was aus der Westentasche kommt, ist »Ti-Ta«. Und das Aneroid-Barometer, der Kompaß, alles, was rund und weiß oder blank ist, ist auch »Ti-Ta«. Wenn der menschliche Geist sich an die Eroberung der Welt macht, umzieht er sie mit weiten Begriffskreisen; aber täglich rückt er den Dingen näher und näher, und täglich zieht er die Kreise enger, um in reifen Jahren wieder den umgekehrten Weg zu gehen. An beiden Enden starrt er in die Unendlichkeit. Ein Schneider würde sagen: er heftet die Erscheinungen der Welt zunächst mit Reihfäden und großen Stichen zusammen, um sie dann mit kleinen und kleinsten Stichen zusammenzunähen. Aber auch der Schneider kommt nicht ans Ende: er kann nicht Loch neben Loch setzen und kann auch nicht alle Dinge der Welt zu *einem* Gewande vereinigen.

V.

Heidéde bringt es zum Magister der freien Künste und zum Komödianten, macht krumme Finger und verhilft dem Verfasser zu seinem größten Erfolg.

Schreitet so die rein geistige Ausbildung des Prinzen in erfreulicher Weise fort, so gilt dasselbe nicht minder von seiner künstlerischen. Nicht nur, daß er in den ritterlichen Künsten des Reitens, Hauens und Radaumachens merkliche Fortschritte macht, er hat auch sieben freie Künste und damit Anspruch auf den Titel eines *magister artium liberalium* erworben. Ich führe die sieben Künste hier an:

1. Er ist ein Virtuos auf der Fensterklappe. Er kann die lange Eisenstange, durch die man die obere Klappe meines Fensters öffnet und schließt, zwanzig-, dreißig-, vierzigmal hintereinander auf- und abbewegen, bevor sein Bedarf gedeckt ist. Die Klappe kreischt dabei nämlich in den Angeln, was seinen Ohren Musik zu sein scheint, wie ich aus dem dankbar-glücklichen Gesicht schließe, mit dem er mich anschaut. Es ist ein Blick, wie meine Frau und ich ihn wohl tauschen, wenn wir zusammen Bach, Beethoven oder Mozart hören. Und da es seiner ahnungslosen Jugend gefällt, dem Alter aber weniger, so kann man es heutzutage ruhig eine Kunst nennen.

2. Er kann »Backe backe Kuchen« machen! Ich gebe zu, das ist nicht das Höchste in der Kunst; aber wenn man dabei die Händchen betrachtet, dann kommt man auf seine Rechnung.

3. Er kann das festgeschlossene Mündchen so plötzlich öffnen, daß es schallt, wie wenn man einen ganz kleinen Pfropfen aus einer ganz kleinen Flasche zieht. Er vollführt diese Kunst mit der Künstlerfreude eines Schauspielers, der den Hamlet spielen darf, und freut sich unendlich über den ungeheuren Erfolg, den er damit bei mir, auch noch bei der zwanzigsten Wiederholung, erzielt. Und jedesmal frage ich mich wieder: Woher kommt bei diesem noch nicht einjährigen Kinde das Schelmengesicht? – Diese drei Künste bilden das Trivium.

4. Wenn man ihn fragt: »Wo ist unser Buzi?«, dann zeigt er auf sich; »Wo ist Tick-tack?«, nach der Uhr; »Wo ist Beier-beier?«, nach

der unter der Krone hängenden Klingel, die man beiern lassen kann. Das ist seine Geographie.

5. Seine Rhetorik ist inzwischen zu ganzen Reden fortgeschritten; ich fürchte immer, er könnte Parlamentarier werden; man hat mit solchem Kind schon seine Sorgen. Der nüchterne Mann der Wissenschaft wird freilich sagen: »Wie das Kind alles Tun der Erwachsenen nachahmt, so ahmt es auch ihre Reden nach, aber rein physiologisch, als Gebrauch der Sprechwerkzeuge, als Hervorbringung wortähnlicher Lautverbindungen.« Wer das glauben will, mag es tun; aber wenn die Reden dieses Knaben inhaltlos sind, so liegt die Befürchtung, daß er Parlamentarier werde, nur noch näher; ich indessen höre aus einer Rede Heidédes mehr heraus als aus den Redebündeln ganzer Fraktionen. Was ich daraus verstehe, könnte ich aber auch nur auf Heidédisch wiedergeben, und das versteht ihr ja nicht.

6. Wenn man ihn fragt: »Wie schmeckt es?« patscht er sich auf den Bauch, d.h. eigentlich auf die Brust; aber das ist gar nicht so verkehrt, wie es scheint, weil in seinem Alter das Essen Herzenssache ist und übrigens eine gute Milchsuppe oder Hummermayonnaise in der Tat unserm Gemüt wohltut und nicht dem gefühllosen Bauch. Es kommt freilich auch vor, daß er auf die Frage »Wie schmeckt es?« nicht sich, sondern der ihn fütternden Mutter oder Großmutter auf den Leib klopft. Und das ist in allem Ernst ein Beweis von großem Verstande; denn er zeigt damit, daß er weiß: es kommt beim Schmecken weniger auf das Klopfen als auf die Bauchgegend an. Und immer wieder hat er recht: Wenn es ihm schmeckt, schmeckt es in ihm uns allen.

7. Er kann, wie schon berichtet, »Mumm mumm – kiek!« machen. Er versteckt seinen Kopf hinter der Bettdecke oder hinter einer höchst durchsichtigen Stuhllehne, oder er hält nur die Händchen vor die Augen, und dann erheben wir ein trostloses Klagegeheul: »Ach, wo ist unser Buzi! unser Buzi ist weg!« und nach einer Weile – er läßt uns ordentlich zappeln! – schießt er mit grausamer Plötzlichkeit und mit Augen gleich Feuerrädern hervor und ruft »Tiek!«, worauf wir dann mit maßloser Freude feststellen: »Ach, da ist er ja!« Mit dieser Kunst schließt sich das Quadrivium und damit der Kreis

der sieben schönen Künste, mit denen er jetzt schon das Einjährigenexamen *summa cum laude* bestehen würde.

Und ich werde die Frage nicht los: Woher kommt bei alledem und in diesem Alter das Schelmengesicht? Woher dies lieblich-listige, lauernde Lächeln, das ganz unzweifelhaft sagt: »Jetzt will ich mich mal wieder verstecken, will ihnen bange machen, daß sie weinen, dann will ich plötzlich auftauchen, dann werden sie wieder lachen und tanzen, und alles rings herum wird köstlich sein!«? Schon solch ein Kind produziert sich, führt sich vor, bringt seine Scherze zur Aufführung wie ein Schauspieler, rechnet auf den Erfolg, ja, sucht die Wirkung durch Hinauszögern zu steigern! Ich habe mich schon genug gewundert, daß das Kind im frühesten Alter schon aufnehmenden Humor hat, daß dieser Junge über meine komischen Gesichter oder Kapriolen lachte, sie von meinem ernsten Gesicht unterschied; aber solch ein Kind hat auch schon eigenen, tätigen Humor! Vielleicht hat Heidéde den Humor als Sonderbegabung mitgebracht; aber ich glaube, man findet Ähnliches bei allen gesunden Kindern. Wann entsteht der Humor im Kinde? Ich weiß den Anfang nicht. Ich kann es mir nur so erklären: Der Humor ist auch so etwas wie eine Kategorie *a priori*. Die Fähigkeit zu lachen und das Bedürfnis nach Lachen wird mit dem Menschen geboren wie Herz und Lunge. Das kleinste Menschenherz schon schnappt nach Lust und Lachen wie der kleinste Mund nach der Mutterbrust; der Mensch braucht sie sowenig zu lernen wie das Atmen.

Damit der geneigte Leser von unserm Künstler auch keine allzu günstige Meinung bekomme, will ich bemerken, daß er auch Künstlerlaunen hat, was bei einem so großen Könner am Ende kein Wunder ist. Doch darf man auch wieder nicht meinen, daß diese Launen aus Selbstüberschätzung und Verwöhnung durch übertriebenen Beifall entsprängen. Wir verhehlen unsere Freude über seine Leistungen nicht; aber wir halten auch weise zurück mit unverhältnismäßigen Lobeserhebungen, weil dieses kleine Köpfchen schon gar vieles versteht und Schmeichelei vom Tadel so gewiß unterscheidet, wie sein Träger ein Mensch ist. Nein, seine Künstlerlaune ist die regelmäßige des Kindes: zehnmal fordert man es auf, »Kuchen zu backen«, und zehnmal bleibt es unseren Wünschen taub, ja lächelt uns wohl gar mit Verschmitztheit an, als wollt es sagen: »Ihr könnt lange zappeln, bis ich mich herbeilasse«; aber fünf Minuten später, wenn kein Mensch mehr daran denkt – dann backt es Kuchen im Überfluß. Eigentlich ist das ja eine vornehme Laune; der Künstler will nicht befohlen sein, sondern aus freier Ergießung geben, oder er rächt sich, wie denn auch Hans v. Bülow, als er in einer Gesellschaft von der Dame des Hauses durchaus ans Klavier geschleift werden sollte, sich endlich hinsetzte und bis drei Uhr in der Früh das ganze »Wohltemperierte Klavier« von Bach durchspielte.

Daß Hoheit überhaupt Launen haben, daß Sie z.B. eine Speise plötzlich aus der eigenen Schüssel nicht mehr nehmen wollen, dagegen aus der Schüssel der Mutter dieselbe Speise zu empfangen sich huldvollst bereit finden lassen, hab ich schon berichtet; daß wir nicht Hofschranzen genug sind, um solchen Launen nachzugeben, versteht sich von selbst. Friß, Hoheit, oder hungere! Hoheit sind aber auch eine Kraftnatur, sozusagen ein ganz klein wenig »Rauhbeinchen«. Wie Hochsie z.B. Dinge, die Hochihnen nicht passen, mit einer einzigen Handbewegung vom Tische fegen, so schlagen Sie wie eine Windmühle um sich und der Mutter den Löffel aus der Hand, wenn Sie satt sind. Das ist nun höchst entschuldbar; es spricht daraus ein entschiedener Widerwille des Gesättigten gegen das Nötigen, und das ist sogar etwas Erfreuliches. In diesem Alter sind die Kinder noch (wie die Tiere!) zu gesund, um sich zu überessen oder zu übertrinken; das Übermaß ist eine Gewöhnung, die erst mit steigender Kultur kommt. Aber Chronistenpflicht zwingt mich, nun auch etwas mitzuteilen, was weniger erfreulich ist. Heidéde bezeigt Lust, nach seiner Umgebung zu schlagen – das könnte noch bloßes, harmloses Kraftbetätigungsverlangen sein – weniger harmlos scheint mir, daß er auch kratzt. Kratzen geschieht mit krummen Fingern, und was krumm ist, ist verdächtig. Ja – ich greife jetzt zeitlich etwas vor – er hat schon seiner Tante, als sie ihm in irgend einer Sache zu widerstehen wagte, die Nägel fest in die Wange gekrallt und dazu ein böses, wütendes Gesicht gemacht. Herbei, ihr Freunde, die ihr sagt »Der Mensch ist gut« – herbei und helft meiner Unwissenheit! Woher kam dies Schlagen, Kratzen und Wüten? Von außen in ihn hinein kann es nicht gekommen sein; *denn er kann dergleichen an seiner Umgebung nie beobachtet haben.* Er hat nie eine Umgebung gehabt, in der man sich schlägt, kratzt, krallt oder wütende Gesichter schneidet. Nein, das ist nicht in ihn hinein-, *das ist aus ihm herausgekommen* und muß also von Anbeginn in ihm gewesen sein. Ich sage darum noch nicht: »Der Mensch ist böse«, sage es *noch* nicht. Denn Heidéde stellt sich nicht vor, daß Krallen wehtut, und beabsichtigt nicht diesen Erfolg. Er gibt nur seinem gesteigerten Willen einen gesteigerten, körperlichen Ausdruck und empfindet dabei das Gefühl des Zornes. Aber hübsch find ich es nicht von ihm; meine Sympathie geht in diesem Falle nicht mit; die seiner Tante auch nicht. Dieses Mädchen, statt die herrliche Gelegenheit zu erkennen, das Kind sich »frei entwickeln zu lassen«, gab ihm einen deutlichen Klaps auf die Hand, daß er sie verblüfft ansah und dann schrie. Dieser Schlag war ein Symbol. Es schadet nichts, wenn solch ein Symbol wehtut; aber es ist nicht unbedingt nötig. Heidéde soll fühlen: Hier ist eine Grenze, hier stoß ich mit dem Kopfe gegen eine Mauer, hier ist ein Wille, der zurückschlägt, und so erspart ihm dieser Schlag vielleicht hunderttausend Schläge des Lebens. Sein Charakter allerdings wurde schon wieder mal »gebrochen«.

Natürlich wird es bei verschiedenen Kindern verschieden lange dauern, bis man ihren »dummen« Willen in seine natürlichen und geheiligten Schranken zurückgewiesen hat, bei starrwilligen und dummen Kindern länger als bei gesundwilligen und klugen. Heidéde versucht wohl noch gelegentlich, trotzig zu schreien und zu heulen; aber da er klug ist, strapaziert er sich nicht unnötig. Er stößt einen Schrei aus, sieht uns mit zwinkernden Augen von der Seite an: »Wie ist die Witterung?«, macht noch einen zweiten, schwachen Versuch und gibt die Sache dann als aussichtslos auf. Sein Seelchen ist schon ein empfindliches Barometer und hat ein feines Gefühl für dicke und leichte Luft. Freilich hatte meine Frau einmal das Pech, daß er, als sie ihn ausschalt, dies für einen prachtvollen Scherz hielt und ihr hell ins Gesicht lachte. Aber das lag nicht an ihm, sondern daran, daß sie eine ganz elende Schauspielerin ist; das ist einer der Gründe, weshalb ich sie seiner Zeit um ihre Hand gebeten habe. Ich dagegen besitze ein großes mimisches Talent; ich kann aus meinen Augen Blitze schleudern und meine Stimme donnern lassen, während ich ihn vor Liebe fressen möchte.

Und nun – ich habe mich ja bis hierher aller großväterlichen Eitelkeit mit catonischer Strenge entschlagen; aber man darf von mir auch nichts Übermenschliches verlangen und erwarten, daß ich das nun Folgende verschweige. Obwohl ich es also immer abgelehnt habe und immer ablehnen werde, bei Serenissimo Buzi I. den Hof-marschall von Kalb zu spielen: als ich kürzlich 6 (sechs!) Tage lang verreist gewesen war, erkannte Heidéde mich bei meiner Heimkehr nicht nur trotz Hut und Mantel sofort wieder, nein, er stieß helle Freudenlaute aus und streckte mir verlangend beide Ärmchen entgegen! Was soll ich euch weiter sagen?! Es war der größte Erfolg meines Lebens. Der Größenwahn, der sich seit diesem Erfolge in mir entwickelt hat, geht immerhin nicht so weit, daß ich mir einbildete, er habe mich in jenen sechs Tagen vermißt. Es ist ja möglich, daß mein Erinnerungsbild ab und zu in ihm aufgetaucht wäre; aber geäußert hat er meines Wissens nichts dergleichen. Und wenn ich niemals zurückgekehrt wäre, so würde er mich bald vollkommen vergessen haben; wir alle, wenn wir aus seinem Gesichtskreise schieden, würden bald für immer in seiner Seele verlöschen. Ein wehmütiger Gedanke. Und seltsam genug, daß das frühe Kindergedächtnis, das doch schon so vieles aufnimmt und bewahrt – wenn wir nach sechs Tagen heimkehren, weiß es sehr genau: mit dem hatte ich schon einmal das Vergnügen – daß dieses Gedächtnis noch so vollkommen vergessen kann, wie wir's im späteren Leben manchmal, und immer vergebens, wünschen. Ich trage mit mir noch Erinnerungen aus meinem zweiten Lebensjahr; aber aus dem ersten klingt wohl in keines Menschen Leben ein Klang herüber.

VI.

Buzi I. ist kein Huhn, wohl aber ein Eros – »Loddlodd-loddlloddl!« – »Nein!« – Vorsicht! – Und abermals Vorsicht!

In meinen Aufzeichnungen über Heidéde nimmt die Spalte »Geist« bei weitem den größten Raum ein; danach folgt die Spalte »Wille«, danach »Körper« und erst zuletzt die Abteilung »Gemüt«. Darüber müßt ihr mit mir nicht rechten, sondern mit dem Schöpfer der Menschen, der jedenfalls im frühen Kindesalter die geistige Entwicklung in den Vordergrund gestellt hat. Das Gemüt kommt beim Menschen später; aber bei Heidéde kommt es bald.

Zunächst hab ich wieder vom Geist zu sprechen. Freilich entwickelt sich Buzis Körper in solch harmonischem Gleichschritt mit dem Geiste, daß er für seine tote Umgebung gefährlich wird und diese für ihn. Er wird darum, wenn sein ganzer Hof anderweitig beschäftigt ist und sich ihm nicht widmen kann, auf Stunden in ein Laufgitter gefangen gesetzt, wo er sich dann friedlich beschäftigt wie Christian II. von Dänemark mit der Spinne. Er will sich an den Gitterstangen hochheben und wählt dazu zwei nebeneinandersitzende Stangen. Das geht nicht. Da greift er nach links und rechts weiter aus, wählt also zwei weiter voneinander entfernte Stäbe, und mit diesen verlängerten Hebelarmen geht es glänzend. Ist das Geist? Natürlich kann es sich nicht um ein Überlegen und Erkennen des mechanischen Vorganges handeln, vielmehr waltet hier die Praxis des Instinkts, die in der frühen Entwicklung des Menschen der Theorie vorausgeht; aber Geist ist es jedenfalls, daß er sofort ein anderes Mittel ergreift, nachdem das eine versagt hat. Das Huhn in seiner grenzenlosen Dummheit will zwanzigmal hinaus, wo doch durchaus kein Ausgang ist; der Mensch wählt, wenn ein Weg nicht zum Ziele führt, sofort einen andern, wenigstens, wenn er Heidéde heißt. So hat Heidéde auch einen großen Stoffball mit einer wohltönenden Schelle drin und einem Faden daran; wenn man diesen Ball schwingen läßt, ersetzt er eine ganze Alpenwirtschaft. Diesen Ball will er sich heranholen und versucht, ihn mit den Händchen zu fassen. Das ist beinah so unmöglich, wie wenn der Mensch das Weltall umfassen will. Aber an dem Ball ist ja ein Faden; wenn man den heranzieht, folgt der Ball. Also macht man's so. Hier ist Geist. Man hat sich auch gemerkt, daß durch die bewußte Tür des Speisezimmers nicht nur die anklopfende Else, das Dienstmädchen, sondern auch die »Mamma« kommt, und zwar gewöhnlich mit dem Futternapf. Darum blickt man jetzt nach jener Tür nicht nur, wenn's klopft oder »Herein!« gerufen wird, sondern auch, wenn das Wort »Mamma« fällt. Er weiß jetzt, daß die liebe kleine Frau, die so gute Sachen bringt, »Mamma« heißt; aber sagen kann er's noch nicht. Wenn er früher »Mamma« sagte, verband er noch keine Vorstellung damit; jetzt, da er mit dem Schall »Mamma« eine Vorstellung verbindet, fehlt seinen Lippen das Wort.

»Mamma« ist doch auch die »scharmante Person«, die ihm jeden Tag das unaussprechliche Vergnügen des Bades bereitet. Eros mit den Wellen spielend – das solltet ihr sehen! Nichts gehört so gewiß zusammen wie Wasser und Kind; keine innigeren Kameraden als Kind und Wasser! »Kind ist der Welle lieblicher Buhler«, könnte man sagen. Mir ist immer, als würde das Wasser am Kinde lebendig und spielte und koste frohlockend mit ihm. Kinder sind im höchsten Grade hygroskopisch; wenn sie zwei Minuten mit Wasser spielen, sind ihre Kleider bis auf den letzten Faden mit Wasser gesättigt. Und ihr solltet Eros sehen, wenn er mir berichtet, daß das aus dem Hahn in die Wanne kollernde Wasser »Loddloddloddloddl!« mache und das durch das Abzugsloch gurgelnde Wasser »Rrrrrrr!« (natürlich Hamburger Gaumen-R; Zungen-R wäre auch zuviel verlangt), Berichte, die man natürlich mit brennender Aufmerksamkeit entgegennimmt wie nie vernommene Kunde von unerhörten Naturwundern. Die Augen solltet ihr sehen! Der Bote, der den Sieg von Marathon meldete, kann es nicht wichtiger gehabt haben! Er, nur er hat das Recht, den Stöpsel aus dem Abzugsloch zu ziehen und jenes wunderbare »Rrrrr!« hervorzurufen, und ich möchte keinem raten, statt seiner den Stöpsel zu ziehen! Zuweilen badet ihn auch die Großmutter, und um ihn auch beim Gesichtwaschen und beim Abtrocknen bei guter Laune zu erhalten, hat sie das berühmte Talerspiel mit ihm getrieben:

»Hast 'n Taler,
Geh zu Markt,
Kauf 'ne Kuh,

Kälbchen dazu,
Kälbchen hat 'n Schwänzchen,
Kille kille Hänschen!«

Bei jeder Zeile patscht man in das dargebotene Händchen, bei der letzten aber kitzelt man die innere Handfläche. Ein äußerst spannendes Lustspiel in sechs Akten! Nun machte die Großmutter das Talerspiel auch einmal im Wohnzimmer; da sah er sie plötzlich mit hellem Lächeln an und sagte:»Loddloddloddloddl!« Soll natürlich heißen: »Das haben wir beim Baden gemacht.« Nun heißt das Talerspiel auch »Loddloddloddl!« Mit Frühlings-Marienfäden bindet das Kind die Dinge zusammen – ach, sie zerreißen, bevor noch der Sommer kommt!

Einen Reichtum besitz ich: in meinem Garten und Haus fehlt es das ganze Jahr hindurch nicht an Blumen. Also hat auch Heidédes erster Frühling Blumen. Als ich ihn das erstemal mit Blumen zusammen beobachtete, fühlte er sich gerade einmal wieder als Kraftmensch, und er grapste in den Strauß hinein wie der Bauer in ein Bündel Heu. »O o o!« machte die Mutter, »das tut man nicht!« und dann streichelte sie die Blumen und sagte »Ei, ei, schöne Blumen!« Sogleich tat er dasselbe und sagte »Ei?! Ei?!« Das Zugreifen hat nämlich der Mensch von Natur; aber das Gemüt muß man ihm vormachen. Bei Heidéde ist das Beispiel auf den fruchtbarsten Boden gefallen; er behandelt seitdem alles, was blüht und grünt, mit geradezu ritterlicher Zartheit, liebkost es und riecht daran. Auch das Riechen hat man ihm vorgemacht und hat dazu »Hapischa!« gesagt. Das ist eigentlich eine herkömmliche Dummheit; denn eine Hyazinthe ist doch kein Schnupftabak; aber warum sollten wir *gar keine* Dummheit machen! Für den Buben hat es den Nutzen gehabt, daß er nun für alle Blumen, Gräser, Kräuter, Sträucher und Bäume einen Namen weiß; sie heißen alle »Ha! Ha!« und an allen riecht er. Eine Künstlerin des Lichtbildes, die ihn liebt, hat ihn im Garten in solcher Stellung erwischt und in ihre Kamera eingefangen. In gespannter Haltung streckt er beide Hände mit gespreizten Fingern nach hinten, und mit dem Näschen erreicht er gerade den Narzissenkelch.

In der Bildung machen wir Riesenfortschritte. Nicht nur das Wort »Ha! Ha!« und die Vorstellung »Mamma« hat man sich zugelegt, man versteht auch, wer »Pappa« ist (der gute, freundliche Mann, der am Morgen so ungeheuer fesselnde Dinge treibt wie Anziehen, Zähneputzen, Rasieren usw.); man weiß, wer Großmutter, wer Tante Irene und Tante Hertha ist, von Else ganz zu schweigen. Wenn er des Morgens nicht an den Frühstückstisch will, weil er lieber spielen möchte, so brauch ich nur zu sagen: »Willst du nicht Ei essen?« und sofort zeigt er Verständnis. »Schokolade« versteht er nicht, aber »–lade«, und für die Praxis genügt das reichlich. Und was besonders ins Gewicht fällt: er weiß, wer mit dem Schall »Großvater« gemeint ist. Mehr als das: durch meine unablässigen Bemühungen um die Gunst Seiner Hoheit ist es mir endlich gelungen, einen Titel zu ergattern. Mein allergnädigster Souverän haben huldreichst geruht, mir den Titel eines »Daddy« zu verleihen, und reden mich damit an. Nach einigen Tagen mußte ich freilich entdecken, daß Hoheit auch andere, namentlich ältere Herren so bezeichneten, und das goß mir allerdings Wasser in den Wein. Was ist ein Titel, den auch andere haben?

Hofgunst ist fast so unzuverlässig wie Volksgunst, und eins ist für ihre Erhaltung besonders notwendig: Anwesenheit. Ein kluger Höfling drückt sich möglichst andauernd im Gesichtskreis seines Herrn herum. Darin hatten es die Eltern Sr. Hoheit, im Vertrauen auf ihre Verdienste um den jungen Herrn, versehen, als sie auf drei Wochen verreist waren. Bei ihrer Heimkehr nämlich stutzten Hoheit einen Augenblick; dann aber entglomm gemach ein Wiedererkennen in Ihren Zügen, und nun benahmen Sie Sich freilich doppelt gnädig und *serenissime*.

Serenus heißt, wie gesagt, »heiter«; es bedeutet aber auch »hell«, und Heidéde wird, wie man sieht, täglich heller. Und damit steigt langsam ein Schild vor uns auf, eine Warnungstafel mit dem Worte: »Vorsicht!« Vorsicht; denn dies Kind versteht vielleicht mehr, als ihr ahnt; ja, es ist sogar höchstwahrscheinlich, daß ein Kind fast immer mehr versteht, als ihr glaubt. Nun wird Heidéde in seinem Heimathause niemals etwas Schlechtes oder Schlimmes hören oder sehen; aber er könnte zuviel des Guten hören oder sehen, zuviel des Guten über sich selbst. Und nun heißt es, unsere Begeisterung zügeln, unsern Jubel unterdrücken, unser hellstes Entzücken hinunterschlucken. Wie schade ist das und wie schwer! So bleibt mir nun, wenn dieser Frühlingssproß in ranker Kraft und junger Seligkeit durch meinen Garten hüpft, nichts andres übrig als still bei mir zu denken:

»Dir, du weltenweiter Sommerhimmel,
Streck ich unsichtbare Arme aus:
Nimm mit Garbenduft und Wälderklingen
Meinen Jubel in dein heilig Haus!« –

Die Beliebtheit des jungen Mannes beschränkt sich nicht auf unser Haus; wenn er morgens spazieren kutschiert, macht er bei fremdesten Leuten Eindruck. Als meine Tochter kürzlich mit ihm heimkehrte, berichtete sie mir mit den Augen ihres Jungen: »Alle mögen ihn leiden.« Worauf ich ihr in diese Augen sah und erklärte: »Das ist mir unverständlich.«

Heidéde kann von Glück sagen, daß alle Personen seiner Umgebung sich in jener Vorsicht einig sind, wenigstens in dem Vorsatze, Vorsicht zu üben. Aber die Fremden, die fremden Miterzieher, sie verwickeln die Sache! Sie sind zuweilen von einer alles überrennenden Ahnungslosigkeit. Sie sagen solch einem Kinde Dinge ins Gesicht, die für eine Kino-Schauspielerin noch zu dick sind.

Halt: ein wichtiges Wort, das Heidéde verstehen gelernt hat, hätt ich fast vergessen, ein äußerst wichtiges Wort, das Wort »Nein!« Eine Garnrolle laß ich auf seinem Bettrande entlanglaufen, lasse sie entgleisen und in sein Bett plumpsen. Das Stück hat einen ungeheuren Lacherfolg, wird also wiederholt. Auch ein zweites, drittes, viertes – ein siebentes, achtes, neuntes Mal. Dann, da ich noch einen Nebenberuf habe, breche ich ab. Buzi I. verlangt Fortsetzung. »Nein,« sag ich, »jetzt ist es genug.« Buzi schreit, was aber bekanntlich nicht tragisch genommen wird. Ja, wär es nun nicht viel gescheiter und würde sich das Kind nicht sofort beruhigen, wenn ich die Rolle verschwinden ließe und sagte: »Die Rolle ist weg!«? Ich glaube kaum. Ich laß im Gegenteil die Rolle vor seinen Augen liegen und beschränke mich auf ein blankes Nein, ohne Angabe von Gründen. Und erhebe mich wieder einmal zu einer billigen, aber sehr weisen Randbemerkung, zu der nämlich, daß ein Kind in der Regel verloren ist, wenn seine Erzieher nicht »Nein« sagen können. Gerade komm ich von einer Mutter, die den Klavierdeckel zuklappte, weil ihr 2 1/2jähriges Söhnchen nicht mehr auf den Tasten herumhämmem sollte, und die auf sein kraftvolles Begehren nach Fortsetzung erklärte: »Geht nicht mehr, ist kaput.« »Nein! ist *nicht* kaput,« versetzte das Kind mit merkwürdig kalter und trockner Entschiedenheit und hatte meine volle Sympathie. Auch dieser Junge ist klug; er weiß schon mit 2 ½ Jahren, daß seine Mutter lügt.

Von nun an, wenn unserm Buben etwas versagt werden muß, hört er ein entschiedenes »Nein« (die Gründe werden viel später nachgeliefert); er schaut einen dann mit vergrößerten, etwas wehmütigen Augen an – er ahnt nicht, wie schwer er's einem macht! – aber er folgt. Ja, gelegentlich beim Spiel spricht er sogar dieses neue, auffallende, unangenehme Wort wiederholt vor sich hin: »Nein?! Nein?! Nein?!«, und mir scheint ein ganz leiser, parodistischer Spott daraus zu klingen; aber das soll mich nicht kränken; die Hauptsache ist, daß er gehorcht. Denn einst muß er hoffentlich befehlen.

Mit tiefem Mitgefühl seh ich immer wieder Eltern, die ihren Kindern »Nein« zu sagen beginnen, wenn es längst zu spät ist, und sehe sie bittere Leiden ernten für etwas, was sie doch, bei aller Torheit, als Liebe gemeint und gegeben haben, oft unter unglaublicher Selbstverleugnung. Laßt euch um Gottes willen nicht irre machen: Kinder lieben niemals Schwächlinge. Mittlerweile hat die Mahnung »Vorsicht!« zu ihrem ersten moralischen Sinne noch einen zweiten, körperlichen bekommen; denn Hoheit Heidéde – empfangt die Kunde mit der geziemenden Achtung! – Hoheit Heidéde beginnen zu *laufen*!

VII.

Ein Trunkener wird nüchtern – 1–7 – Die gefühlsrohe Familie – Schlossermeister und Hundezüchter – Die Papierschere als Ideal.

Natürlich hat auch Heidéde sich erst an den Gegenständen festgehalten und ist an ihnen entlanggelaufen, bevor er freiweg marschierte; aber lange hat er sich mit dieser Vorschule nicht aufgehalten. Wie rührend ist dieses lächelnde Bangen, dies sorgliche Erwägen und Abwägen, dies Ringen ums Gleichgewicht – jeder Schritt ein großes, weitausschauendes Unternehmen, das wohl vorbereitet sein will; wie ergreifend der Triumph, wenn man nach zwei wirklichen, selbstgemachten Schritten in die dargebotenen Hände der Mutter taumelt! Wie anmutsvoll ist dieses Schwanken in der Trunkenheit, die noch vom Paradiese her in Hirn und Augen hängt und nun der geraden Nüchternheit der menschlichen Lebensstraße sich bequemen soll!

Auch die Unsicherheit überwindet Heidéde schnell, und nach zwei Tagen wär's eine Lüge, zu sagen: »Heidéde kann gehen«, nein, Heidéde läuft, läuft Sturm; Heidéde scheint nur laufen zu können!

>»Froh, wie seine Sonnen stiegen
>Durch des Himmels prächt'gen Plan,
>Läuft Heidéde seine Bahn,
>Freudig, wie ein Held zum Siegen!«

Ich bin überzeugt, wir hätten ihn auch einen oder zwei Monate früher zum Laufen drillen können, wenn in dieser Anstalt überhaupt gedrillt würde. Statt dessen hat man in dieser Anstalt unsagbar viel Zeit. Der hohe Ehrgeiz: »Er kann schon gehen! Er kann schon sprechen! Er kann schon bis 5 zählen! Er kann schon lesen! Er kann schon Gedichte machen!« – dieser Ehrgeiz geht uns gänzlich ab. Dieser Einjährige ist, von den Moralien abgesehen, durchaus auch Freiwilliger und soll es mindestens noch sechs Jahre bleiben. Die ersten sechs, sieben, meinetwegen noch mehr Jahre seines Lebens soll das Kind schlafen, auch wenn es wacht; Leib und Geist und Gemüt sollen schlafen und nur wachen, wenn sie wollen. Denn viel Kraft muß sich in der Schale sammeln, aus der ein langes Leben trinken soll.

>>Ruhe nur! Auf tausend Bäumen
Wachsen Früchte, die dir munden.
Ruhe nur! Noch nicht entsendet
Ist der Pfeil, dich zu verwunden.

Ruhe nur! Schon springt die Quelle,
Deinen Gaumen süß zu netzen.
Ruhe nur! Noch nicht gewachsen
Ist der Dorn, dich zu verletzen.

Ruhe nur! Auf goldner Brücke
Tritt vom Heute in das Morgen.
Ruhe nur! Noch nicht geboren
Ist die Stunde deiner Sorgen.<< – –

Platz da! Heidéde kommt! Räumt alles aus dem Wege; freie Bahn dem Tüchtigen! Heidéde hat Kraft gesammelt; darum läuft er wie ein Löwe. Der Löw' ist los, der Löw' ist frei; die Gängelbande riß er entzwei. Jetzt, meine liebe Tochter und mein lieber Sohn, jetzt werdet ihr erleben, was ein Kind heißt. Ein Kind auf dem Schoße haben, das ist keine Kunst; aber an allen Ecken und Enden des Hauses, auf allen Treppen und Fluren, auf allen Stühlen und Bänken, auf allen Tischen und Fensterbänken zugleich ein Kind haben: das ist etwas! Ihr werdet finden, daß dieser Knirps sich durch einen heimlichen Talisman in drei, in sieben Knirpse verwandeln kann, daß er einen Hüter vom Aufstehen bis zum Niederlegen beschäftigen kann, auch zwei. Wenn ihr ihn noch damit beschäftigt glaubt, sich vor dem Schrankspiegel den Schlips seines Vaters um den Hals zu legen, dann wird er sich schon vom Waschtisch dessen Zahnbürste herunterlangen und sie in den Mund stecken; wenn ihr dann das Wasserglas vor ihm gerettet habt, wird er schon ein Kissen aus dem Bette gezerrt haben und sich mit ungemein behaglichem >>Eija!<< darauf räkeln; solltet ihr daraus auf ein Ruhebedürfnis schließen, so werdet ihr hören, daß er die Stufen zum Nebenzimmer bereits hinuntergefallen ist, und wenn ihr euch dann freut, daß er sich darüber schnell beruhigt hat, dann holt er schon aus dem Nachttischchen – *naturalia non sunt turpia* – das Töpfchen hervor. Diese Selbstbedienung ist an sich sehr löblich; wenn sie nur mit der nötigen Zielsicherheit verbunden wäre. Das ist sie nicht; aber diesen Mangel ersetzt er durch rasches Handeln. Als die Mutter mit einem Wischtuch aus der Kammer kommt, hat er das Erforderliche bereits mit ihrem Taschentuch besorgt.

Kein Meister fällt vom Himmel, aber ein Lehrling oft auf die Nase. Bei dem Temperament, das diesem prinzlichen Geblüt nun einmal eingeboren ist, liegt er einstweilen fast mehr, als er läuft oder steht. Er fordert darum nicht viel Aufhebens, sondern hebt sich selber auf und zieht aus seinem Sturze nicht etwa die Lehre der Bedächtigkeit. Manchmal tut er sich auch weh, und dann schreit er wohl, und dann stürzt die ganze Familie herbei und ruft: »Ach, du armes Kind, bist du gefallen? Wo tut's denn weh? Wart, wir wollen ein Stück Zucker drauflegen! usw.« – nicht wahr? Nein, die ganze Familie ist dazu viel zu gefühlsroh; sie denkt mit Goethe: »Sehe jeder, wie er's treibe, und wer steht, daß er nicht falle.« Man glaubt nicht, wie bedeutsam diese »Laufbahn« des Buben für die spätere ist. Nur, wenn er einmal einen richtigen »Bums« erlitten hat und mit triftigem Grunde weint, wird er wohl einmal gehätschelt und beruhigt, freilich nicht mit Zucker. Ein Kind soll auch nicht vereinsamen, sondern soll wissen, daß es im Ernstfalle einen Trost und eine Hilfe findet. Sparta wird vielleicht bewundert, aber nie geliebt.

Nehmt die Schlüssel in Acht! Bedenkt überhaupt, daß von nun an nichts, was er erreichen kann, vor ihm sicher ist! Aber eine unbezwingbare Leidenschaft hat Heidéde für Schlüssel. Der Schlüssel ist ihm so anziehend, daß er sich sogleich seinen Namen gemerkt hat. »Lüschl« sagt er, das »schl« mit dem bekannten »Schlick auf der Zunge« zu sprechen. Alle Naselang fehlt ein Schlüssel; die Ursache des Verschwindens ist keinem zweifelhaft. Wenn aber Heidéde einen Schlüssel findet, so stürmt er damit auf ein Schlüsselloch zu; denn er weiß, daß die beiden zusammengehören, und stochert nun eifrig mit dem Schlüssel, in der unverkennbaren Überzeugung, daß er eine wichtige Arbeit verrichte.

Noch kann er nicht die Türklinke erreichen; das beschränkt ihn wenigstens auf einen Raum; wenn er aber mein bei ihm sehr beliebtes Arbeitszimmer zum Feld seiner Tätigkeit wählt, dann ist es für mich kein Arbeitszimmer mehr. Daß er meinen Papierkorb auskramt, daß er sämtliche Kissen vom Sofa holt, daß er dreihundertmal die Tür zum Kamin auf- und zumacht, daß er freie Benutzung meiner Bibliothek beansprucht, daß er auf die Fensterbank will, um einmal wieder sämtliche Riegel und Haken nachzusehen und hundertmal die Klappe kreischen zu lassen, das alles ist selbstverständliche Tagesordnung. Aber es gibt auch Abwechslung. »Hau, hau, hau!« macht er plötzlich in ganz hohem Tone wie ein winziger Schoßhund, wenn er kläfft. Ich weiß anfangs nicht, was er meint: als ich aber seinem Blick folge, merk ich's; er hat weiß Gott, den kleinen zinnernen Hund entdeckt, der oben auf dem Bücherbord steht und höchstens 6 Zentimeter groß ist. »Edá, edá, edá!« stößt er eifrig und mit ausgestreckten Ärmchen hervor; d.h. »gib's mir!« Ich muß also den Hund herunterholen; denn einem Kinde etwas verweigern, was Tier ist, das geht schlechterdings nicht an. »Was sagst du denn?« frag ich. Er patscht hastig ein paarmal die Händchen zusammen, wenn auch ohne Andacht; die nimmt der Hund in Anspruch. Dies heißt nämlich »Bitte bitte!« Ahnungslos liefere ich ihm das hübsche kleine Tier aus. »Und was sagst du jetzt?« Er macht eine tadellose Verbeugung und sagt »Da ki?!« (die zweite Silbe eine Oktave höher als die erste), was »Danke« bedeutet. »Ahnungslos« hab ich gesagt; denn er benutzt den Hund alsbald als Hammer – was benutzt ein Junge *nicht* als Hammer? – und in wenigen Minuten ist die rassereine Dogge in einen echten, krummbeinigen Dackel umgezüchtet.

Es braucht nicht gesagt zu werden, daß Heidéde außer den zahlreichen Dingen, die er in meinem Zimmer verüben darf, noch einige verüben möchte, die nicht erlaubt sind, die er deshalb nicht weniger gern vornehmen möchte. So liegt z.B. auf meinem Schreibtisch eine große Papierschere, um die er schon seit längerem wirbt. Sie ragt mit dem Griff ein wenig über den Tischrand. Heidéde denkt: »Sie ist zwar verboten; aber einen Versuch kann man immerhin wagen.« Er legt also das Händchen an die Schere und sieht mir forschend ins Gesicht. Ich schüttle den Kopf. Das versteht er vollkommen; aber er denkt: »Kopfschütteln tut nicht weh, und es gibt Beispiele, daß der Alte weich wird.« Er zieht also ein wenig an der Schere, behält mich aber fest im Auge. »Buzi?!« sage ich warnend. »Na, dann also nicht,« sagt sein Gesicht, und er verzichtet.

Aber ein Zimmer, in dem man nicht alles tun darf, verliert, selbst wenn es das großväterliche Arbeitszimmer ist, zuletzt doch seinen Reiz, und so sieht Heidéde auch schon an der Tür und ruft inbrünstig »edá! edá! edá!«, d.h. »Im Namen des Königs, öffnet!« Aber ich darf die Tür nur eben aufklinken; das übrige will er selbst besorgen. Türen auf- und zuklappen ist seine Leidenschaft, und wenn ich manchmal denke, es könne ein Genie in ihm stecken, so ist es mir zu anderen Zeiten wieder, als stecke ein Portier-Talent in ihm, in diesen Zeiten eine unvergleichlich glänzendere Aussicht. Übrigens ist dieser Sturmgeselle so vorsichtig, daß er jedesmal behutsam die Fingerchen aus der Spalte zieht, bevor er die Tür zuklappt, obwohl er sich nie geklemmt hat. Es muß wohl Köpfe geben, die einmal ohne Schaden klug werden.

VIII.

Abiturium mit Faxen – Heidéde im Urwald – Er liebt mich! – Am Schöpfungsborn – Prügel- und Mordabsichten des Verfassers.

Habt ihr euch einmal klar gemacht, was sich einem Kinde auftut, wenn es Gehen gelernt hat? Das Abiturium, das bestandene Staatsexamen, die Lossprechung des Lehrlings, die Entlassung vom Kommiß, das alles sind Dinge, die mit einem wunderbaren Befreiungsgefühl verbunden sind; aber was sind sie gegen die Loslösung des Kindes vom Gängelband? »Abiturium« heißt bekanntlich Abgang; es gibt kein bedeutungsvolleres Abiturium als das von Mutterarm und Mutterschoß. Die Mutter fühlt diesen Abschied mit Stolz und mit Wehmut; Elternleben ist ein fortgesetztes Abschiednehmen, und glückselig die Alten, denen in ihren Enkeln ein Wiedersehen lacht! Was Heidéde in diesen Zeiten erlebt, das ist mehr als die Entdeckung Amerikas: es ist die Entdeckung der Welt, was sag ich? es ist die Erschaffung der Welt, es ist ein ununterbrochener Schöpfungstag, ein unaufhörliches »Es werde Licht!« »Es sammle sich das Wasser!« »Es werden Lichter an der Feste des Himmels!« »Die Erde bringe hervor Gras, Kraut und fruchtbare Bäume!«

Wir verstehen, was sich in diesem Brustkasten bewegt – »Junge, mit dem Brustkasten kannst du 200 Jahre alt werden!« hat ihm der Arzt versichert – und wir verstehen, daß es heraus muß und daß daher ein Recht auf gesteigerte Lärmerzeugung in gewissen Grenzen gar nicht zu bestreiten ist. Er hat jetzt ein wundervolles crescendo – sein ganzes Leben ist ja bis jetzt ein solches crescendo – aber als geborener Kulturmensch hat er doch auch das Gefühl der certi denique fines; er beobachtet uns gelegentlich daraufhin, wieviel er uns wohl zumuten dürfe. Und eine ganz besondere Freude hab ich an seiner neuesten Leistung: er macht Faxen! Habt ihr je einen richtigen gesunden Jungen gesehen, der keine Faxen machte? Er macht plötzlich Obeine und läuft damit durch die ganze Stube, oder er wirft beim Laufen die Beinchen seitwärts wie ein Hampelmann und stößt dabei ganz neue, unwahrscheinliche Laute aus. Und das kann ich euch sagen: solche Faxen erleichtern ungemein die Diagnose. Wenn ein Kind Faxen macht, könnt ihr über sein Befinden vollkommen beruhigt sein. Ihr könnt daraus schließen, daß es ihm mehr als gut gehe; denn die Kräfte zu diesen Leistungen werden aus den Überschüssen bestritten. Heidéde fühlt sich so wohl, daß er von seinem Wohlsein abgeben kann, und - weiß Gott, das tut er.

Ja - und dieser Ausbund von Frohsinn und Übermut - plötzlich sitzt er mitten im vollen Geräusch unseres Tagestreibens da: fern von uns allen, seherisch versunken wie ein Einsiedler in menschenleerer Welt, mit Augen, die auf einsamsten Wegen wandern. Und dann, ich sag es ohne Übertreibung, fühl ich vor seiner Andacht eine innigere Ehrfurcht als vor dem sinnenden Schweigen des Forschers, vor der brütenden Schöpferstille des Künstlers. Dann möcht ich allen ringsrum zurufen: Still: hier webt sich eines Menschen Welt! Still: hier wächst eine Seele! Haltet den Atem an: hier wandern zwei Kinderfüßchen im Urwald der Schöpfung, unter Blumen und Vögeln, zwischen Schatten und Lichtern, sich verirrend .... bis die laute Welt sie zurückruft! Oh, ich weiß es noch gut, was Kinderaugen in solchen Augenblicken träumen und sehen: alle Dinge sind noch gütig und rein; um alle Dinge schweben Feste aus Luft und Licht, Feste, die noch heute, mit der Liebe der Meinen zusammen, mein bester, sicherster Besitz sind.

»Die Liebe der Meinen.« Ich kann es nicht lassen - ich glaube auch, ich bin jetzt lange genug nicht eitel gewesen - also kurz und gut: Heidéde umarmt nicht nur seine Mutter, seinen Vater und seine Großmutter; er hat jetzt auch mir gänzlich unvermittelt, aus eigenstem Antrieb, ohne jede Aufforderung, rein durch den Zauber meiner Persönlichkeit bezwungen, beide Ärmchen um den Hals geschmiegt und mich geküßt. »Er liebt mich! Er liebt mich! O seligste der Stunden!« Man soll das Urteil der Welt im allgemeinen verachten, und das besorge ich redlich. Aber zweierlei Urteil ist mir wertvoll: das der Hunde und ganz vor allem das der Kinder. Die Hunde begegnen mir im allgemeinen mit berechtigtem Vertrauen; bei Kindern aber hab ich in jüngster Zeit Erfolge erzielt, daß ich mir geradezu wie der typische Großvater, der »Großvater an sich« vorkomme und mich Abraham (»Vater der Menge«) nennen könnte. Erst dieser Tage lief auf der Straße ein reizender kleiner Junge auf mich zu und rief glückstrahlend: »Dooschpapa!« - ich hätte das Kerlchen vom Fleck weg adoptieren mögen! Und als ich lesend in der Bahn saß, rief ein etwa zweijähriges Mädel, nachdem es mich eine Weile beäugt hatte: »Opapa a be te!« (Großpapa liest ABC!) »O du Kindermund, o du Kindermund, unbewußter Weisheit froh!« Ich bin wirklich noch immer nicht über das ABC hinausgekommen.

Schon als Junge war ich ein – wie man's so nennt – »Kindernarr«; ich war dauernd entzückt von meinen jüngeren Geschwistern und beschäftigte mich gern mit kleinen Kindern. Und ich glaube, daß mir das nicht geschadet hat, vielmehr, daß Rohes und Wüstes, wie es so leicht in einem Jungen aufschießt, durch diese reinen Freuden veredelt oder im Keime erstickt worden ist. Man sollte Knaben und Jünglinge – die Frauen haben's kaum nötig – recht viel mit kleinen Kindern verkehren lassen; ein junger Mann, der recht in ein Kinderauge geschaut hat, sollte er wohl leichtfertig sein Blut vergiften und das Gift einem Kinde vererben, Leiden und Tod über das Haupt eines Kindes bringen können?

Ich hab es schon anderswo gesagt, daß man ein Kinderauge nicht beschreiben kann; natürlich kann man es ebensowenig malen. Das Ergebnis jedes Künstlerlebens ist die Erkenntnis, daß man das Beste nicht ausdrücken kann, daß man Arm und Werkzeug ohnmächtig sinken läßt. Mein ehrgeizigster, schmerzlichster Wunsch wär es, ein Kinderauge beschreiben zu können – und wiederum ist es gut, daß mir's nie gelingen kann.

> »Was ausgesprochen ist, das ist verblüht.
> Das Wort ist Frucht, Frucht aber ist Erfüllung
> Und Ende.«

Nun kann ich jeden Tag mit neuem Staunen hineinblicken und aus Gottes unergründlichem Schöpfungsborn trinken.

Und was ist gar ein Kinderauge, das aus dem Schlafe kommt und in diese grelle Welt schaut, gebadet im dunklen See des Schlafes, noch feucht und klar von seinem geheimen Glück! Das ist so überirdisch schön, daß selbst ich in Versuchung kommen könnte, ein schlummerndes Kind zu wecken. Ich sage: »in *Versuchung* kommen *könnte*« – tun werd ich's niemals. Und nur einem könnt ich's verzeihen: einem Vater, der sein Kind niemals wachend sieht als etwa am

Sonntag. Ein Verdurstender darf auch vom Abendmahlswein trinken.

Ihr wißt aber, daß auch bei profanem Wein und Braten, wenn gnädige Frau große Gesellschaft geben, zuweilen Kinder herumgereicht werden, die um Mitternacht frisch aus den Kissen geholt wurden zur höheren Ehre der Eltern. In diesem Zusammenhang muß ich etwas vom Prügeln sagen.

Ein Schulmeister wird oft gefragt: »Was halten Sie von der Prügelstrafe?« Ich pflege dann von jenem frühen Schlag zu sprechen, der dem Kinde die Grenzen seines Willens zeigt, der es lehrt, daß die *ultima ratio* aller menschlichen Zucht leider keine *ratio*, also keine Vernunft, kein Beweismittel, sondern noch immer eine *vis*, d.h. Gewalt ist, spreche von jenem wundertätigen »Klaps«, der einen Menschen vor dem Schlag des Scharfrichters bewahren kann. Ich pflege hinzuzufügen, daß ich im ganzen von dem erzieherischen Wert der Prügelstrafe verzweifelt wenig halte, daß es eine lange Stufenleiter bis zu diesem verzweifelten Mittel gebe, daß ich indessen die Prügelstrafe nicht ganz und gar verwürfe, sie aber weniger bei Kindern als bei Eltern angewendet sehen möchte. Ich muß das erklären.

Heidéde hat den Schnupfen, ist aber ganz vergnügt dabei. Heidéde möchte das Messer da auf dem Tische haben; Kinder wollen mit Vorliebe das haben, was ihnen nicht taugt; darin sind sie ganz wie die Erwachsenen. Als er das Messer nicht bekommt, brüllt er kraftvoll. »Er ist erkältet,« meint jemand, »er fühlt sich nicht wohl.« Das ist möglich; untersuchen wir die Sache. Ich lasse den Mundtuchring über den Tisch rollen und zwar fast ganz an die Kante, dann greif ich mit großartig gespieltem Schreck zu und erwische ihn – welch ein Glück! – noch im letzten Augenblick! Heidéde will sich totlachen. Der Ring rollt noch einmal und noch einmal; ich erschrecke jedesmal heftiger, und Heidéde will sich immer töter lachen. Also der Schnupfen ist es nicht. Als der Ring nicht mehr rollt, will Heidéde wieder das Messer haben. Er gibt seine Sache noch nicht verloren, und das ist an sich nur löblich. Aber als er nichts erreicht, brüllt er noch kraftvoller, und nun befolgen wir einen wirklich guten Gedanken Rousseaus: Wenn Emil nicht guttut, wird er bekanntlich nicht getadelt und nicht bestraft, sondern man läßt ihn die natürlichen Folgen seines Tuns fühlen. Wer brüllt, macht sich für die menschliche Gesellschaft unmöglich; Heidéde wird deshalb nach Sibirien verbannt. »Sibirien« ist im selben Zimmer, einen Schritt von seiner Mutter Platz entfernt. Er wird einfach mit seinem ganzen Stühlchen umgedreht und an die nahe Wand geschoben, so daß er dieser das Gesicht zukehrt. Er hat noch nicht den Ort seiner Verbannung erreicht, als sein Gebrüll abgeschnitten ist wie mit einem Rasiermesser. Ein Beweis, daß es keinem tiefgründigen Schmerze entstammt. Und keine drei Sekunden vergehen, bevor er sich zu uns umdreht und »Kiiiik??« ruft, um sich wieder anzubiedern. Er wird dann auch ohne weiteres begnadigt, und sobald er wieder am Tische sitzt, ruft er mit glückstrahlendem Gesicht: »Daaa!«, was soviel bedeutet wie »Da bin ich wieder!« So viel kann man mit so wenig erreichen. O ja, es ist eine stufenreiche Leiter bis zu Schlagen. Ich hab auch bemerkt, daß, wo es sich um Vorbeugung handelt, ein Blick oder ein Ton mehr wirkt als ein Schlag. Ein Schlag ist eine vollendete Tatsache, deren Wirkung sich überblicken läßt; hinter einem ernsten Blick, einem drohenden Ton liegt das Unbestimmte, und das Unbekannte schreckt mehr als das Bekannte.

Anders nach vollendetem Verbrechen. Da macht ein zürnender Blick wenig Eindruck, und die Sühne darf drastisch sein wie die Tat. Heidéde hat trotz Verbots einen seiner Bettvorhänge abgerissen. Die Mutter gibt ihm dafür einen Patsch, und er schreit. Dann schaut er sich nach seinem Vater um, faßt ihn prüfend ins Auge und – reißt den zweiten Vorhang herunter. Aber die Berufungsinstanz weist ihn ab, und gibt ihm einen zweiten Klaps. Er schreit abermals; aber die Vorhänge haben seitdem Ruhe vor ihm.

Sanfte Violenseele, weine nicht, und du, wilder Freiheitsknabe, grolle nicht ob dieser barbarischen Zucht! Auch an diesen Schlägen ist das Physische nicht das Wesentliche; der Schmerz ist sicherlich höchst unbedeutend; das, worauf's ankommt, ist die ultimative Mahnung: »Jetzt ist's aber die höchste Zeit, einzulenken, sonst –!« Und dieses »sonst –!« ist nicht inhaltlos; besonders für das reifere Kind sieht hinter den Schlägen eine noch viel längere Leiter von Strafmitteln, wenn es traurigerweise zum Strafen kommen muß, von Strafmitteln, die härter sind als Prügel.

Aber der Charakter? Ja, der wird natürlich gebrochen.

Laßt es euch gesagt sein, Teuerste: Kinder, die nicht gehorchen lernen, werden gar nicht Charaktere, sondern Bestien. Ungezügelter Wille wird nämlich nicht stark, sondern schwach. Er mag stark gegen andre werden: aber er wird schwach gegen das Ich, wird also ausgeprägtes Lumpentum. »Strenge gegen andere und Milde gegen sich selbst macht den wahrhaft verächtlichen Charakter aus.«

Und nun kommt's: Eltern, die ihre Kinder mitternachts beim Festmahle herumreichen oder die sie stundenlang über die Zeit wachhalten, weil sie »recht viel von ihnen haben wollen« (Spaß nämlich), die sie mit auf den Tanzboden und in die Kneipe nehmen, weil sie sonst ihr Vergnügen abkürzen müßten, Eltern, die ihre schwabblige Schwäche, mit der sie jeder Laune ihres Kindes nachgeben, oder die Faulheit, mit der sie sie in allem gewähren lassen, weil Erziehung Arbeit ist, als »Liebe« bezeichnen, und jene pädagogischen Schwätzer endlich, die ohne jeden Blick für die Tatsachen der Kindesseele und ohne alles Gewissen für das, was sie anrichten, die schrankenlose Freiheit des vernunftlosen Kindes predigen und die natürliche Ehrfurcht vor dem reiferen Menschen in ihm ersticken – für sie muß die Prügelstrafe erhalten bleiben, nicht für die bejammernswerten Opfer ihrer »Liebe«. Jene zärtliche Mutter aber, die ihren Sohn peinigte, weil er in der Klasse nicht der Erste, sondern »nur« der Zweite geworden war, werde ich mit Vergnügen persönlich erdrosseln, sobald ich die obrigkeitliche Genehmigung dazu erhalten habe.

IX.

Altmodischer Goethe – Heidéde erweist sich als Urenkel eines Edelmanns und als Vogel im Winter – Seine Mutter erhält die höchste Auszeichnung – Nächtliche Dämonen.

Ehrfurcht – Autorität! Ich habe darüber so grenzenlos altmodische Ansichten, Ansichten eines Menschen, der bald hundert Jahre im Grabe liegt und Goethe hieß. Dieselbe Mauer, derselbe Baum, derselbe Turm erscheint einem einjährigen Menschen viel, viel höher, als einem zwanzigjährigen. So erscheinen wir Erwachsenen dem kleinen Kinde nicht nur in unserm Körper, nein, in all unserm Wesen viel, viel höher und mächtiger als später. Und so soll es sein, nicht um unsertwillen, um der Kinder willen. Meine Frau und ich sind unseren Kindern immer Autoritäten gewesen und haben uns doch nie darum angestrengt. Und nie hat sich eins unserer Kinder gescheut, uns zu widersprechen, wenn Überzeugung und Gewissen es forderten. Und nie haben sie uns anders widersprochen als mit Ehrerbietung, und niemand hat sich über ihren Widerspruch inniger gefreut als wir. Wir könnten auf den Ruhm verzichten, für Heidéde Autoritäten zu sein; aber für ihn wär's schade, wenn wir's nicht wären. O du mein tiefgeliebtes Heidédelein, wie arm, wie bettelarm, wie verlassen und einsam würdest du dein Leben dahinwandern, wenn du mit zehn, mit dreißig, mit siebzig Jahren kein Wesen mehr über dir erblicktest, wenn du nicht im Tode noch mehr Ehrfurcht hättest als Erkenntnis!

Ist das nun noch Ehrfurcht, wenn er mir schon minutenlang auf das graue Haupt patscht und zwischendurch mit herausforderndem Spitzbubengesicht die Wirkung beobachtet?

»Donnerwetter, Donnerwetter!« schnauze ich im Tone eines schwerbeleidigten Feldwebels.

Und er lacht – er lacht – lacht! – ja still: *wie* lacht er denn? Wie – – –

Das ist ja ein neuer Fund! Das ist ja – das ist ja das *gute* Lachen! Was durchbrennt mir denn wieder die ganze Brust und ist so unsäglich beglückend in seiner Glut? Heidéde, was höre ich denn? Du willst ein *guter* Mensch werden? Unendlich verschieden, unendlich bedeutungsreich ist der Menschen Lachen. »Ich höre dich so gern lachen,« sagte einst ein Freund zu einem herrlichen Mann und Dichter, und das glaub ich; ich habe selbst sein Lachen gehört. Im guten Lachen springt die Herzblume auf bis an den Grund des Kelches und zeigt ihr Inneres rückhaltlos der Welt. Das gute Lachen mußt du mitbringen; du kannst es niemals lernen. Glückselig, wer dies Lachen hat; glückselig, die mit ihm hausen!

Heidéde, so wirst du denn nicht nur eine heitere Seele tragen, sie wird heiter sein, weil sie rein ist? Heidéde, das ist das Heiligste von allen Wundern, die du mir verkündet hast, und heute muß ich glücklich sein, muß es in allem Leid der Zeit.

Mir schrieb ein kluger und treuer Erzieher vor einigen Wochen: »Es gibt Menschen, denen unsereins die Reinheit ihres Lebens schon in der Jugend anmerkt.« Das ist wahr. Wenn ich Heidédes unbewachten Blick sehe, wenn ich sein gutes Lachen höre, weiß ich: hier ist ein adliger Mensch geboren, ein Mensch, der ewig unschuldig bleibt.

So plump werdet ihr mich nicht mißverstehen, daß ihr meint, ich glaubte an Menschen ohne Schuld und Fehle. Aber es gibt Menschen, deren Schuld nie im Herzen wurzelt und ihre Wurzeln nie bis ins Herz hinabstreckt. An ihrem Blick – das Auge lügt nie – und an ihrem guten Lachen erkennt man solche Menschen.

Jedes Lachen Heidédes ist eine Sommerfrische.

»Donnerwetter, Donnerwetter!« schnaube ich. Und er lacht – lacht – ja – still! – – *wie* lacht er denn? Ich muß in weite, weite Fernen horchen ... Und es klingt aus weiter, weiter Ferne her – das Lachen seines Urgroßvaters – meines Vaters. So lachte mein Vater. Vater, was ist nun der Tod? Jetzt eben bist du lachend auferstanden! Vater, mein lieber Vater, was ist der Tod, wenn dein Lachen unsterblich ist und in deinem Lachen dein gütetrunkenes Herz? Heidéde, ich muß dich an mich pressen, und wenn du schreist, du mein Enkel und du mein Vater!

Es ist hübsch, daß deine Eltern dich nicht nur Gerhard, sondern dazu noch Asmus benannt haben. Es war ein ehrfurchtsvoller Gruß an einen edlen Mann. »Asmus« hieß mein Vater. Nun ist sein Gruß zurückgekommen.

Mein Vater war ein stiller, viel träumender und grübelnder Mann. Sein Urenkel kann jetzt, mit 1 ¼ Jahren, drei Stunden allein sein und sich mit sich selbst beschäftigen. Paßt auf: trotz aller Radaufreude behalt ich doch noch recht mit dem »stilleren Geistmenschen«!

Womit nun wieder nicht gesagt werden soll, daß der junge Mann sich ununterbrochen geistvoll benehme. Ihr kennt alle das Wiederholungsfieber der Kinder; es kann schlimm sein. Wenn Heidéde etwa ein neues Wort gelernt hat, z.B. »Stiefel«, das er etwas unvollkommen, aber zum Küssen »Sießl« ausspricht (die s-Laute mit etwas anstoßender Zunge), dann ist er mit Vergnügen bereit, es beim Spiele siebzigmal, auch häufiger, vor sich hinzusingen, immer in demselben Intervall der kleinen Terz: »Sießl, Sießl (es-c, es-c) usw.«, bis ein Verzweifelnder sich befriedigt erklärt. Aber selten tu ich ihm Einhalt. In trübsten Winterzeiten meines Lebens hab ich wohl aus meinem Garten einen seltsamen Vogel gehört. Er ist imstande, stundenlang auf demselben Zweige zu sitzen und alle zwei Sekunden lang »Djiip!« zu machen, nichts als »Djiip!«. Es war nicht eben schön; aber immerhin war es Vogellaut im Winter.

Da Heidéde nun einmal mit Menschen wird Umgang pflegen müssen, so muß er natürlich wohl oder übel ihre Sprache lernen; er macht auch Fortschritte darin, zum Glück ohne alle Überstürzung, zumal wir noch immer keine Eile haben. Ein Mann heißt jetzt »Dadda« bei ihm, auch wenn er im Bilde erscheint; sein Vater ist ihm aber doch ein besonderer Mann und hat jetzt seinen langersehnten, rechtmäßigen Titel »Bappa« erhalten, und wenn Heidéde jetzt »Mamma« sagt, so meint er zunächst seine Mutter damit. Zunächst! Denn außerdem preßt er alles, was ihm zutiefst am Herzen liegt, ergießt er sein heißestes Sehnen und Verlangen in dieses Wort. Wenn er irgend etwas recht dringend wünscht, so fleht er »Mamma!« Die alles spendende, immer helfende Allgüte und Allmacht heißt für das Kind »Mamma!« Kann ein Weib, kann ein Mensch reichere Ehre auf seinen Scheitel häufen? Und er spricht es mit Augen und mit einer Weichheit der Tonbildung, daß es einen Stein bewegen kann und man ihm ein Rasiermesser geben möchte, wenn er's verlangte. Mädels, Mädels, die ihr in dieser Zeit geboren werdet, ich sag's euch im voraus: es wird nicht leicht sein, ihm zu widerstehen! Als er kürzlich bei Freunden seinen Antrittsbesuch gemacht und mit einer gleichaltrigen Dame, wie es Respektspersonen zukommt, auf dem Sofa gesessen hat, hat er denn auch unaufhörlich »Eii?! Eii?« gemacht, ihr die Backen gestreichelt und sie endlich beim Kopf gefaßt und geküßt. Allerdings darf man dies nicht allein auf die angeborene Ritterlichkeit Sr. Hoheit zurückführen; er ist überhaupt kinderlieb. Und das ist, im Ernst, etwas Merkwürdiges; man wird nicht allzu oft Kinder finden, die kinderlieb sind. Er freundet sich auf der Straße mit allen Kindern an und nennt sie »Bäbi«, auch die 6- oder 8jährigen. Ja, auch der kleine Beethoven auf dem Schrank im Salon ist ein »Bäbi«, weil er eben klein ist.

Der Humor Serenissimi beschränkt sich nicht mehr darauf, den Durchbruch der Sonne abzuwarten; er macht selbst Sonne. Er foppt uns, sogar den ehrwürdigen »Patriarchen« des Hauses. Er reicht uns ein Spielzeug entgegen, als wolle er's uns schenken, und wenn wir zugreifen wollen, zieht er's rasch zurück und lacht dazu wie ein dreimal destillierter Schelm. Auch das wiederholt er viele Male, und dumm, wie wir sind, greifen wir jedesmal wieder zu. Er jedenfalls setzt in unsere Dummheit ein unbegrenztes Vertrauen.

Und in dies lustige Köpfchen schleichen zur Nachtzeit schon die Angstträume. Ein klägliches Weinen ruft uns an sein Bett; wir nehmen ihn auf, und in seinen doppelt großen Augen lebt noch das Schrecknis, das sie gesehen. Die zärtlichsten und vernünftigsten Zureden der Wachen vermögen lange nichts gegen die Tücke des Dunkels, und auch, wenn die Tränen endlich versiegt sind, durchbebt das Körperchen noch lange ein tränenloses Schluchzen und Seufzen. Die zwei Engel, die das schlummernde Kind sollen weisen »in Himmels Paradeisen«, haben ihren Dienst verschlafen und finstere Geister hereingelassen.

In der Eisenbahn hörte ich jüngst eine Mutter zu ihrem strampelnden Söhnchen sagen: »Wenn du nicht artig bist, kommt der Schaffner und schneidet dir beide Beine ab und steckt dich in'n Koffer!« Eine Eigenschaft der Menschen kann man nämlich nie zu hoch einschätzen: die Dummheit. Zur Ehre der Menschheit sei es gesagt, daß sich ob jener Mutter bei den Mitreisenden »allgemeines Schütteln des Kopfes« erhob.

Solche Dinge hört Heidéde nicht, das wird man mir glauben; also woher kommt ihr, teuflische Dämonen, die ihr nicht warten könnt und schon den Schlaf der Unschuld beschleicht? Bringt der Mensch auch euch mit aus dem Jenseits vor der Geburt? »Träume kommen aus dem Bauche,« tröstet sich Franz Moor, und auch Heidédes Träume könnten wohl, trotz sorglicher Ernährung, einmal aus dieser Gegend kommen. Aber daß nicht alle Angstträume der Kinder daher kommen, ist gewiß.

X.

»Beschäftigung, die nie ermattet« – Buzi der Gamsbock *plus proficit in litteris quam in aestheticis* – Jedoch kein Sklave schnöder Sinnenlust.

Im Bewußtsein wie im Unterbewußtsein der Kinder leben zweifellos Dinge, die sie nicht ausdrücken können, aber ausdrücken möchten. Jedenfalls hat Buzi I. ein wahrhaft stürmisches Ausdrucks- und Mitteilungsverlangen. Ich hatte – merkwürdig genug – schon in seinen ersten Lebenstagen den Eindruck, daß er sich mitteilen wollte, daß seine Augen nach einem Ausdruck rangen. Heute nun gar möchte er tausend Dinge sagen, die er nicht sagen kann; er weist dann in höchster Erregung auf den Gegenstand oder den Vorgang, den er beobachtet hat, hin und stößt schnell nacheinander unartikulierte Laute hervor wie ein Stummer, der sich zu reden bemüht. Wenn es möglich ist, spricht er natürlich durch Lautnachahmung; vom Hund berichtet er mir mit hellem, hohem »Wau! Wau!«; von den Kohlenleuten, die die Kohlen mit großem Gepolter in den Kellerschacht rollen lassen, mit »Chrrrrrr ....« (Gaumen-r!) und macht Augen dabei, die auch für ein Erdbeben genügen würden. Neben dieser immer regen Mitteilsamkeit, die uns alles gewissenhaft berichtet, was wir selbst miterleben, kennzeichnet ihn »Beschäftigung, die nie ermattet«, auch sie natürlich vorwiegend noch nachahmender Natur. Seine winzig-weißen Zähnchen – hat je eine Frau köstlichere Juwelen besessen als diese Perlenkettchen im Munde ihres Kindes? – will er schon selber bürsten, und zwar mit der Zahnbürste seiner Mutter, und sobald er sich Kamm und Haarbürste vom Waschtisch gelangt hat, bearbeitet er nicht nur den eigenen Schopf, nein, er striegelt die ganze Hausgemeinde, da gibt's kein Entkommen. Da er wächst und immer höher hinaufreicht, so wird die Schlüsselgefahr immer bedenklicher, und wenn ich, ein kluges Opfer bringend, ihm mein ganzes Schlüsselbund zur Verfügung stelle, so probiert er am Bücherschrank nacheinander sämtliche Schlüssel durch, mit dem Anstand eines älteren Schlossermeisters, der gerade noch rechtzeitig gerufen wurde, um eine dringend notwendige Arbeit zu verrichten.

Wenn Hoheit bei mir abzusteigen geruhen und sich in meinem Arbeitszimmer häuslich einrichten, so bedürfen Sie zu Ihrer Ausrüstung mindestens eines Korbs mit Wäscheklammern, einer Fußmatte (auf der Sie zu sitzen geruhen), meines Papierkorbs, einer Zigarrenkiste, einer Streichholzschachtel, mehrerer Bücher und Bauklötze. Es währt nicht lange, so bildet mein Fußboden ein prinzipienloses Mosaik aus diesen Gegenständen, das man, da es nichts ausdrückt, nach Heidédes Absicht auch nichts ausdrücken soll und kann, ganz wohl ein expressionistisches Mosaik nennen könnte. Sobald aber Heidéde feststellen kann, daß ich durch meine Arbeit hinreichend abgelenkt bin, geht er zum Alpensport über. Mein Zimmer ist besonders deshalb so heiß geliebt, weil es zwei kleine Trittleitern enthält, mit Hilfe derer ich zu den höheren Reihen meiner Bücherei gelange. Wenn ich, von einer dunklen Ahnung getrieben, den Kopf von meiner Arbeit hebe, dann hör ich ihn schon siegesjubelnd »Daaa!« rufen und seh ihn frank und frei auf dem höchsten Gipfel der Trittleiter stehen, mit einem Triumphatorgesicht, wie es der gute Humboldt nicht schöner gemacht haben kann, als er den Chimborasso erklommen hatte. »Junge, du verflixter Kerl!« ruf ich erschrocken, was ihm nur einen neuen Freudenschrei entlockt. Heruntersteigen kann er noch nicht; ich heb ihn also herunter, und sofort will er den Aufstieg von neuem beginnen. »Nein!« sag ich mit ernstem Gesicht. Er gehorcht; aber den einen Fuß, den er schon auf der untersten Stufe hatte, läßt er stehen und sieht mich an. Und dies Gesicht sagt ganz deutlich: »Fügen muß ich mich ja; aber ganz gehorch ich dir nicht; einen Fuß laß ich drin in dem verbotenen Gebiet, in meiner Interessensphäre; es ist immerhin etwas, immerhin ein Stück Selbstbehauptung.« Er »wahrt das Gesicht« wie es in der Schwindel-Diplomatie heißt. Dann steh ich in dem schweren Seelenkampf: Soll ich ihn unter meiner Aufsicht klettern und meine Arbeit sausen lassen, oder soll ich mein Verbot aufrechterhalten und wieder an meinen Schreibtisch gehen? Tu ich dies, so zieht er wohl nach einiger Zeit den Fuß vom Tritt zurück und treibt etwas anderes; aber ich weiß sehr gut, daß er ihn bald wieder auf die unterste Stufe setzt und mich dazu mit einem ganz unbeschreiblichen Schalkslächeln anlauert. Dies Gesicht sagt dann: »Ich weiß ja: ich soll nicht; ich tu's auch nicht; aber ich will dir mal ein bißchen bange machen, will dich ein bißchen foppen, will einmal sehen, was du sagst, und *vielleicht* – ja, *vielleicht* läßt du dich ja auch erweichen.«

Und *vielleicht*, ja, sogar wahrscheinlich tu ich das dann auch und laß ihn klettern. Ich laß mirs ja auch nicht nehmen, daß der Bengel ursprünglich ein Gamsbock hat werden sollen. Wo für sein Füßchen ein Platz ist und wo keiner ist, da muß er hin. Wenn er einen Stuhl erklettert hat, will er die Lehne ersteigen, und wenn er auf dieser steht, will er in die Luft steigen. Er würde wie Münchhausen das am Mond befestigte Seil abhacken und es unten wieder anknüpfen. Seine Tollkühnheit ist freilich noch gar keine Kühnheit, weil die Vorstellung der Gefahr für ihn noch nicht besteht. Darum, wenn er einmal purzelt und sich weh-, aber keinen Schaden getan hat, freu ich mich jedesmal diebisch: es ist ja der beste, der einzige Unterricht in diesem Falle. Freilich: angeschlagen hat dieser Unterricht noch nicht das geringste; noch weinend über den erlittnen Fall, hebt er den Fuß bereits zu neuem Aufstieg. Ich seh's mit Bangen und mit Lust. Exzelsior, Hoheit, Exzelsior!

Aus verschiedenen Anzeichen wird man schon entnommen haben, daß Heidédes Geist inzwischen nicht stillgestanden ist. Natürlich schaut er gern zum Fenster hinaus; welchen jungen Mann treibt es nicht, die Welt kennen zu lernen?

O mein Gott, da fällt mir ein Mann ein, der sich ein Haus bauen ließ, und, da man ihm gesagt hatte, daß das Licht auf seinem Schreibtisch besser sei, wenn es schräg von oben und nicht auch von der Seite hereinfalle, so ließ er alle Fenster so hoch anbringen, daß wohl er, nicht aber seine kleine Frau und sein Kind hinausschauen konnten. Wenn ihr einen Gemütsathleten sucht, geb ich euch seine Wohnung an. Zweierlei Verbrechen kann ich nicht verzeihen: Verbrechen am Vaterland und Verbrechen an Kindern.

Da draußen bellt ein Hund! »Dira, Dira!« berichtet uns Heidéde mit gewohnter Aufregung. Unsere Wolfshündin heißt nämlich »Dina«; für ihn heißt sie »Dira«, und also heißt nicht nur jeder Hund, sondern jedes Tier »Dira«. Einen bellenden Hund muß man natürlich gesehen haben. Da Heidéde indessen mit seinem Näschen eben an die Fensterbank reicht, so sieht er von der Welt nicht viel mehr als Baumkronen und Himmel. Aber da steht ja eine blecherne Waschschüssel im Schlafzimmer! Wozu wäre die gut, wenn man sie nicht umdrehen, ans Fenster schieben und daraufsteigen sollte? Nun ist »Dira« sichtbar.

Und als ein Brief meines Sohnes vorgelesen wird, in dem er von seinem Söhnchen berichtet und – ohne jede Hervorhebung! – die Worte ertönen: »Unserm Buzi geht es wohl«, da leuchten Buzis des Ersten Augen hell auf; er zeigt auf sich und ruft: »Daaaa!« O ja, unsere Reden sind ihm kein wirrer Schall mehr: er *versteht*! Also Vorsicht!

Mit der geistigen Entwicklung des Kindes hält seine ästhetische leider nicht Schritt, besonders bei Jungens nicht, und auch den liebevollsten Eltern und Großeltern liegt ein gewisses Wort aus der Zoologie zuweilen vorn auf der Zunge. Daß man den großen Schrankspiegel anhauchen und dann in dem Niederschlag des Atems wunderschön mit dem Finger hin- und herfahren kann, weiß Heidéde natürlich längst. Aber selbstverständlich muß der Spiegel auch mit der Zunge untersucht und eingehend beleckt werden. Davon sag ich noch nichts. Ich sage auch noch nichts davon, daß er den Spiegel beleckt, als seine Zunge reichlich mit Schokolade belegt ist; er bedenkt es ja nicht. Dann wird er irgendwie abgelenkt, und seine Mutter bemerkt vorläufig die neuen Arabesken auf dem Spiegel nicht. Sie wird erst aufmerksam, als sie den feinschmeckerisch begeisterten Ausruf »Lala! Lala!« (Schokolade!) vernimmt, und sieht nun, wie Hoheit Ferkel die Schokolade vom Spiegel wieder sorgfältig ablecken. Ich bitte um Entschuldigung – Heidéde ist im allgemeinen ein sehr appetitliches, sauberes Bürschchen – aber »es bleibt ein Erdenrest, zu tilgen peinlich«.

Schokolade ist nun einmal eine Haupttriebfeder des menschlichen Lebens, obwohl man von Heidéde wiederum nicht sagen kann, daß er ein Sklave seiner Sinnlichkeit wäre. Er ißt z.B. zwar im ganzen mit gutem Appetit; aber wie etwa ein Forscher über einer schwierigen Inschrift oder ein leidenschaftlicher Spieler über dem Baccarat Essen und Trinken vergißt, so kommt es auch vor, daß dieser Forscher und Spieler um einer Streichholzschachtel willen Speise und Trank verschmäht. Im allgemeinen soll man Kinder zum Essen und Trinken nicht nötigen oder gar zwingen, dies vielmehr ruhig dem »besten Koch« überlassen; aber in solchem Falle ist eine Nachhilfe doch angebracht. Da ist es sehr wertvoll, daß auf dem Grunde von Heidédes Schüssel zwei Hühner zu erblicken sind, die er außerordentlich schätzt und »Biep Biep!« nennt. Wenn er nun nicht essen will, fragt ihn seine Mutter: »Willst du denn nicht ›Biep

Biep‹ sehen?«, und dann regt sich in der Tat das ideelle, das Gemütsinteresse an einem Wiedersehen so stark, daß er bis auf den Grund der Schüssel dringt.

So auch, wenn er nach dem Mittagessen mich »schlafen legen« soll (ein von seiner Mutter mit warmer Hand ihm verliehenes Erbe), wobei es dann öfters, obschon nicht immer, etwas Schokolade absetzt, kommt es vor, daß er nicht erscheint, weil irgend ein Spiel oder Schauspiel ihn stärker lockt als meine Näscherei. Nun wohl, mein Sohn, »du darfst auch da nur frei erscheinen«. Materielle Genüsse um ideeller willen verschmähen, zeugt nur von Vornehmheit. Wenn er mich aber hingestreckt hat und auf meinem Schoße reitet, so kann es vorkommen, daß er nach dem ersichtlich letzten Stück Schokolade mit dem unverkennbaren Gesichtsausdruck: »Ich erachte damit mein Geschäft hier für erledigt«, mir den Mund zum Schlafwohl-Kuß hinhält und dann vermittels Abrutsches verschwindet. Ich kann daraus ganz deutlich entnehmen, daß meine Gesellschaft in diesem Augenblick keine stärkeren Reize für ihn hat. Und weit edler als Sarastro, zwing ich ihn nicht nur nicht zur Liebe, ich geb ihm auch die Freiheit. Tät ich's nicht aus Liebe, so tät ich's schon aus Klugheit. Ihr Eltern und Großeltern, erzwingt und erbettelt von den Kindern keine Zärtlichkeiten; ihr kommt dann besser auf eure Rechnung, glaubt es mir!

XI.

Rollerolle, ein neuer Mann und Schriftsteller, die Vollendung Goethes, der wiedererstandene Eulenspiegel und Richard Gloster, zugleich Obermeister der Bierbrauerzunft – Heidéde als sein Erzieher, als Räuber und Edelmensch.

Ich habe die Ehre, den Herrschaften einen neuen Mann vorzustellen: den sieben Wochen nach Heidéde geborenen, in einem Briefe bereits erwähnten Sohn meines Sohnes und Vetter Heidédes, Buzi den Zweiten, mit seinem bürgerlichen Namen Wolfgang oder Wölfle geheißen, ein Münchener Kindl. Er wird auf längere Zeit bei uns zum Besuche sein. Wenn wir ihn »den Zweiten« nennen, so soll das beileibe keine Hintansetzung sein; Ramses II. scheint erheblich größer gewesen zu sein als Ramses I.; der zweite Friedrich von Hohenstaufen war zwar kein guter Deutscher, gab aber sonst dem ersten nichts nach, und der zweite Friedrich von Hohenzollern war dem ersten gewaltig »über«. Mitunter waren aber auch die Ersten die Größeren; es heißt da eben abwarten. In einer Hinsicht ist das 1 1/3jährige Wölfle seinem 1½jährigen Kameraden und Nebenbuhler entschieden überlegen: es kann lesen und schreiben. Wölfle ist hinter Büchern her wie der junge Lessing, ist dabei zwar nicht wählerisch, hat es aber auch nicht nötig, weil ja doch in allen dasselbe steht, nämlich: »Rollerollerrolleroddlroddllloddllloddllloddl ...« dies aber liest er mit so verständigem Ausdruck, daß es sich anhört wie die Rede eines Staatsoberhauptes beim diplomatischen Neujahrsempfang. Um sich nicht in den Zeilen zu verirren, verfolgt er sie mit dem Finger. Seht euch solch einen Finger an und sagt mir, ob man da nicht zum Menschenfresser werden könnte. Er hat des öfteren seinen Vater schreiben sehen, und eines Tages, als er bei ihm auf dem Tische gesessen, hat er ein Blatt Papier erwischt, sich einen Bleistift herangeholt und sein erstes Gedicht geschrieben, um das herum ich nun eine moderne Zeitschrift gründen will. Dabei ist er so produktiv, daß er mich bei dem herrschenden Papierwucher schneller ruinieren wird, als es ein nichtsnutziger Enkel durch Weiber, Wein und Spiel vermöchte. Übrigens »Wein«! Als Münchner ist er natürlich schon wiederholt in einem Bräu gewesen, und da seine

Eltern ihm den Maßkrug natürlich nicht gereicht haben, so hat er jede Gelegenheit benutzt, mit dem Ärmchen bis zum Ellbogen hineinzufahren und sich dann die Finger abzulecken. Höchst merkwürdig an diesem jungen Gelehrten und Schriftsteller ist, daß sein erstes Wort das für einen Kindermund wahrhaftig nicht leichte Wort »Licht« ist. Er zeigt mit dem Fingerchen nach der Lampe oder dem brennenden Streichholz und sagt glücklich begeistert: »Licht!« »Licht« war das letzte Wort Goethes; »Licht« ist das erste des jüngeren Wolfgang. Womit jener aufhörte, fängt dieser an. Ob das ein hoffnungsvoller Enkel ist? Jedenfalls erkennt man daran den Fortschritt der Zeiten, wenn man ihn sonst nicht finden kann.

Auch Buzi II. hat jenen echten, jenen einzigen Frohsinn mitgebracht, den angeborenen, göttlichen. Und doch ist er anderer Art als derjenige Heidédes. Buzi I. ist Humorist; Buzi II. mehr Komiker und Satiriker. Heidéde ist im Grunde seines Wesens ein ernster Mann; er kann im hohen Grade das entwickeln, was man »Biereifer« nennt, und der gewöhnliche Ausdruck seiner Züge ist der der gesammelten, sinnenden, nachdenklichen, träumenden Andacht. Um so schöner steht solchen Leuten dann das Lächeln. Der Münchner scheint mehr von der leichteren Kavallerie, scheint ein Schalk aus dem Geschlecht der Eulenspiegel; er ist, wenn er sich wohl fühlt, immer zu Späßen aufgelegt, ja zu angreiferischen Späßen: er patscht nach uns, zwickt uns mit den Fingerchen in Arm oder Wange und wartet dann blitzenden Auges auf unsere grenzenlose Entrüstung. Der Sinn für Ehrfurcht scheint bis jetzt nicht übermäßig entwickelt. Als er einmal ungezogen schrie, machte ihm sein Vater ein drohend finsteres Gesicht: tiefe Stirnfalte, düster starrende Augen usw. Das wirkte auch, aber nur für eine Minute. Dann ging das Wölfle dazu über, seinen Vater zu parodieren. Er machte ihm genau dasselbe Gesicht, das der Vater ihm gemacht hatte, um dann plötzlich übers ganze Gesicht zu lachen und »Häää!« zu rufen, wie: »Ich mein's gar nicht so!« Auch hier die seltsame Tatsache, daß ein Kind von einem Jahr Komödie spielt, eine andere Stimmung vorzustellen sucht als seine wirkliche. Er führt dieses Trauerspiel mit lustigem Ausgang noch täglich mehrere Male auf, macht uns ganz plötzlich nach Art launischer Tyrannen ein finsteres Gesicht wie ein mordsinnender Richard Gloster, um dann plötzlich mit einem strahlenden »Häää!« den Alp von unserer Brust zu nehmen. Aber er läßt uns nicht lange zittern und immer weniger lange, was wiederum auf ein weicherer Regungen nicht unfähiges Herz schließen läßt.

Ja, und – dieser Bruder Lustig: wie schwermütig er doch dreinsehen kann mit seinen braunen Augen! Und just, wenn er so dreinschaut, fliegen ihm alle Herzen zu. Und sein Weinen ist gewöhnlich ein wirkliches Weinen. Heidédes Weinen ist fast immer ein Schreien, bei dem man den Eindruck der Naturnotwendigkeit vermißt; nur nach bösen Träumen weint auch er richtig. Aber Wölfles Weinen ist Klage. »Wenn er sich wohl fühlt, ist er lustig,« hab ich geschrieben. Aber es ist ihm nicht immer wohl ergangen und ergeht ihm wohl noch zuweilen nicht wohl. Er ist nicht so stark wie sein stämmiger Vetter; er ist ein wenig rhachitisch, und daß ihm die Frauen meines Hauses in ihrem Hauptbuch diesen Fehlbetrag mit gewaltigen Ziffern gutgeschrieben haben, das kann man sich denken. Immerhin muß sein Kern gesund sein; denn sein Frohsinn ist nicht nur ursprünglich, sondern auch unverwüstlich. Als ich ihn früher einmal im Süden besuchte, erging es ihm ziemlich erbärmlich, und oft saß er in seinem Bettchen oder auf dem Fußboden wie ein rechtes Häufchen Elend. Immer aber gelang es mir, ihm durch irgend ein Spiel, durch Töne, Gesichter oder Gebärden ein Lächeln oder gar Lachen abzugewinnen, ja ihn dauernd umzustimmen. Und jetzt bin ich längst davon überzeugt, daß auch in ihm ein richtiger »gesunder Junge« steckt. Nämlich darum: Betrunkene haben bekanntlich die Neigung, möglichst starke, nicht eigentlich menschliche Laute von sich zu geben. Jugend aber ist »Trunkenheit ohne Wein«. Jetzt, da das Wölfle oder, wie er seiner wissenschaftlichen Bildung wegen auch genannt wird, »Rollerolle« täglich mehr Geschmack am Leben findet, macht auch er Faxen trotz seinem Vetter, schiebt den Bauch vor wie ein Obermeister der Bierbrauerzunft und gibt dabei immer häufiger gröhlende, grunzende, quietschende, schweinsmäßige Laute von sich, wie sie lebenstrunkene Knaben hervorzubringen lieben, und zwar nehmen diese Laute umsomehr an Stärke zu, je länger man ihn gewähren läßt. Übertreibung ist ein sicheres Kennzeichen einer gesunden Jungensnatur; ihr fehlt noch ganz die Sophrosyne, das edle Maßhalten; sie hat aber auch in dieser Hinsicht noch keine Verpflichtungen. Uns jedenfalls sind die Berserkertöne Rollerolles Musik.

Sollte nun jemand die Befürchtung hegen, daß die Erziehung zweier Jungen für uns eine kaum zu bewältigende Last sein werde, so kann ich ihn auch darüber beruhigen: wir haben eine starke Stütze an Heidéde. Die erste Begegnung Heidédes mit seinem Vetter aus München, die Monarchenbegegnung zwischen Buzi I. und Buzi II. – ja, wenn ich euch die beschreiben könnte! Ich beklage jeden Menschen, der das nicht miterlebt hat. »Bäääbi! Bäääbi!« rief Heidéde in seligstem Entzücken, schlang beide Ärmchen um Wölfles Hals, drückte ihn an sich, küßte ihn aufs Haar und rief immer wieder »Bäääbi! Bäääbi!« in einem Tone wie: »Gott, wie sind solche kleinen Dinger doch rührend!« Vom ersten Augenblick bis auf den heutigen Tag hatte und hat Rollerolle an seinem Vetter Heidéde einen väterlichen Freund. Oft und oft läßt Heidéde sein Spiel und betrachtet seinen Vetter mit langem, wohlwollendem Blick, um dann gerührten, andächtigen Tones auszusprechen: »Bäääbi!«, mit einer Liebe, von der man nicht glauben sollte, daß sie in dieser kleinen Brust schon Platz hätte, ja, mit einer Dankbarkeit, als wollte er sagen: »Daß ich in meinem Alter noch diese Freude erleben darf!« Wie es sich gehört, kann aber echt väterliche Liebe auch streng sein. Stellt euch vor: an der einen Seite des Tisches sitzt meine Frau mit Heidéde auf dem Schoß, gegenüber am Tische ebenso meine Tochter Appelschnut mit ihrem Neffen Rollerolle. Dieser findet es der Abwechslung halber schon minutenlang unterhaltsam und berechtigt, ohne Unterbrechung – *legato* sozusagen – zu »jaulen«, d.h. in winselndem Tone zu weinen, ohne daß sonst ein triftiger Grund dazu vorläge. Das fällt sehr auf die Nerven; aber wir ertragen es lange mit Geduld. Endlich reißt diese doch bei meiner Frau; sie blickt den Münchner strafend an, schlägt auf den Tisch und ruft: »Bist du jetzt still?!« Der Schreck wirkt auch zehn Sekunden; dann nimmt Rollerolle den dünnen Faden seiner Unterhaltung wieder auf. Da aber greift die väterliche Autorität Heidédes ein. Er patscht mit dem Händchen kräftig auf den Tisch und sendet seinem Vetter einen strengen, strafenden Blick!

Ich erinnere daran, daß er 1-1/2 Jahre zählt, sein Vetter aber erst 1-1/3; ein Zweifel an seinem Erziehungsrecht kann also nicht aufkommen. Wir haben uns alle schnell abgewendet, um ihm keinen Erfolg zu bereiten; aber daß wir nicht alle zersprungen sind, bleibt ein Wunder.

Natürlich: auch der beste Vater ist nur ein Mensch; er hat eigene Interessen, er hat schwache Augenblicke und trifft nicht immer das Richtige. Freilich, wenn Buzi der Erste zuweilen mit einem Stuhlbein in Ermangelung eines andern Amboßes auf den Kopf des Zweiten hämmert oder dessen Bauch als Schemel seiner Füße benutzt, oder wenn er in seinen Liebkosungen »Bäääbis« nicht immer deutlich zwischen Umarmung und Erdrosselung unterscheidet, so geschieht das »alles in Liebe und Güte«, wie der Bauer Kilian sagt; es ist kein Hauch von Zorn oder Bosheit darin und beruht auf nichts als auf mangelhafter Beherrschung der Muskeln und motorischen Nerven, erledigt sich auch juristisch dadurch, daß der Hammer dieser Minute der Ambos der nächsten ist. Ernsthafter sind die Eigentumskonflikte. Wenn auch das Spielzeug im allgemeinen Gemeingut ist, so gibt es doch Dinge, die eigentlich Heidéde, und andere, die eigentlich Rollerolle gehören und die für sie Liebhaberwert besitzen. Außerdem ist es feststehendes Gesetz der Kinder- und Menschenpsychologie, daß – mögen auch tausend Spielzeuge zur Verfügung stehen – ein Ding, das der eine in Händen hat, in ebendemselben Augenblick das Ziel der heißesten Wünsche des andern ist, mag er's auch im nächsten Augenblick, nachdem er's erlangt hat, achtlos bei Seite werfen. So sind denn Besitzstreitigkeiten hin und wieder unvermeidlich. Dabei hab ich nun bemerkt, daß Heidéde, indem er seinem Vetter ein Spielzeug entwand, ihm ein anderes in die Hand steckte. Ist das nun schon Billigkeitsgefühl oder ist es nur erst Diplomatie? Ja, ich habe beobachtet, daß der erste Buzi den zweiten leidenschaftlich umarmte und ihm dabei ein Spielzeug aus der Hand drehte. Das erinnert ja nun freilich an die italienischen Banditen in der Oper, die einander in die Arme fallen und sich dabei die Sacktücher mausen; auch ein Vater hat eben schwache Augenblicke; aber an Berechnung möchte ich bei Heidéde doch nicht glauben, um soweniger, als er sicher nicht übertrieben erwerbsfreudig oder gar geizig ist. Vor kurzem war er mit seiner Mutter bei einer andern Mutter und ihrem gleichaltrigen Söhnchen zu Besuch. Bald nach der Begrüßung eignete sich der fremde Knabe Heidédes Puppe an. Heidéde »ließ fahren dahin« und betrachtete den Enteigner mit philosophischer Ruhe. Die fremde Dame steckte ihm zum Ersatz ein Pferdchen in die Hand. Der andere Knabe konfiszierte auch dies; Heidéde sagte nichts. Ebenso beschlagnahmte der gastfreundliche Wirt ein drittes Stück. Nachdem das geschehen, faßte

Heidéde den Expropriateur mit beiden Händen beim Kopf und machte zärtlich »Eiii!« – Junge, ich fürchte fast, du bist deutscher, als gut ist.

Zum Glück und zu meinem Troste kann er doch auch beharrliche Tatkraft zeigen, wenn es höchste Güter zu verteidigen gilt. Als ein uns besuchender Knabe von 2-1/2 Jahren, der viel größer und stärker ist als er, ihm seinen Wagen rauben wollte, da verteidigte er ihn mit Arm und Stimme so nachdrücklich und ausdauernd, daß er das Feld und den Wagen behauptete. Und wiederum, wenn man ihm ein Stück Schokolade in die Hand gibt und sagt »Gib's Wölfle!«, so schiebt er's unverzüglich seinem Kameraden in den Mund, und als er kürzlich wieder ein Stück bekommen hatte, sah er mich mit seinen größten Augen an, wies auf die danebenstehende Tante und rief gebieterisch: »Tatte! Tatte!«, das hieß: die Tante soll auch was haben. Nein, wenn er jetzt erwachsen wäre, so würde er nicht zu denen gehören, die ihre Volksgenossen in tiefster Not bestehlen, das weiß ich.

XII.

**Keiner ein Parricida – Musik, Anstandslehre, Ethik,
Sprachstudien – Ach jau wi babu wafa – Umsturz oder
negative Baukunst – Erstürmung der Großmutter – Zwei
Töpfe voll Flöhe – »Löbbl löbbl!!!«**

Im ganzen vertragen sich die beiden Vettern ausgezeichnet; auch
bei Rechtsstreitigkeiten überzeugen wir sie gewöhnlich leicht davon, daß ein magerer Vergleich besser ist als ein fetter Prozeß, und
selbst einem gebieterischen Schiedsspruch fügen sie sich so gut wie
immer, ohne Berufung einzulegen. Nicht einmal Futterneid kennen
sie, was allerdings wesentlich darin begründet sein kann, daß keiner zu wenig bekommt. Für Heidéde stehen noch immer die ideel-
len Interessen in erster, die sinnlichen in zweiter Linie; Augen und
Gedanken wandern gern irgendwo im Blauen, wenn er sich den
Löffel in den Mund schieben läßt. Das Wölfle aber hat einen Wolfs-
hunger; er ist ganz bei der Sache, klopft sich bei jedem Löffelvoll auf
die Brust, selbst beim Lebertran, und macht dazu Mm-m-m-m?! im
echtesten Tone eines Feinschmeckers, der mit allerhöchstem Beifall
eine Austernpastete kostet. Eifersucht zeigt sich bei ihnen bisher nur
in einer ganz milden, harmlosen Form. Wenn wir nämlich über den
einen besonders ausgiebig lachen oder ihn loben, dann macht der
andere durch irgendein Räuspern oder sonst eine erstaunliche Leistung darauf aufmerksam, daß auch er noch da sei, wovon wir dann
natürlich freudig Kenntnis nehmen. Alles in allem können demnach
der kleine Saupreuß und der kleine Saubayer vielen Großen zum
Vorbild dienen.

Daß es so ist, das muß man aber, wenn man gerecht sein will und
solange eben Rollerolle noch so unentwickelt ist, vorwiegend seinem Gönner Heidéde zuguteschreiben. Rollerolle hat noch viel
unbeherrschtes Temperament; wenn man ihm irgendwie entgegen
ist, schleudert er, was er gerade in den Händen hält, mit Wucht und
Wut in die Umgegend (was man bei Heidéde kaum noch erleben
wird!); wenn man ihm etwas mit Entschiedenheit verweist, murrt er
in längeren Ausführungen dagegen, aus denen man deutlich her-
aushört: »Wenn ich das nicht 'mal soll, dann pfeif ich auf den ganzen Verkehr!« ja, er schlägt auch gelegentlich nach dem, den er in

erreichbarer Nähe hat. Dieser ist dann immer so sehr Reaktionär, daß er reagiert und ihm praktisch verkündet, Druck erzeuge Gegendruck.

Buzi der Große – welchen neuen Titel er allerdings nur dem Umstande verdankt, daß ein noch kleinerer da ist – hat denn auch aus dem berechtigten Gefühl überlegener Reife heraus den Unterricht Rollerolles in die Hand genommen. Dieser Rollerolle kann noch nicht einmal »Bitte bitte!« machen! *Sprechen* kann auch Buzi der Große das Wort nicht, trotz seiner Reife; aber er kann »Bitte bitte« *machen*, indem er seine Puttenpätschchen dreimal zusammenklappt. Er läßt sich also herab zu dem Kleinen, hockt vor ihm auf dem Fußboden, faßt mit seinen seraphischen Pfötchen die seraphischen Pfötchen des andern und patscht sie gegeneinander. Doch ist er ein zu guter Pädagog, um denselben Gegenstand ungebührlich lange zu traktieren; er geht also zur Musik über. Er läßt sich vor seinem Schüler auf ein Knie nieder, bläst ihm auf der Mundharmonika vor, hält sie dann ihm an den Mund und sagt »Tuuut tuut!« Das alles soll man mitansehen und nicht Menschenfresser werden! Wirklich gelingt es dem Kleinen, einen Ton hervorzubringen, und nun will er das köstliche Instrument haben. So weit geht aber Heidédes Reife nicht; er will es unzweifelhaft behalten. Da man einem Schüler Gelegenheit zur Übung geben soll, so entscheide ich, daß nun einmal Rollerolle die Harmonika haben solle. Heidéde ist sofort einverstanden, obwohl das Spielzeug sein Eigentum ist. Aber Kinder in diesem Alter haben noch keinen Eigentumsbegriff. Wenn ein Gegenstand sie lockt, wollen sie ihn haben, ihn besitzen und genießen, sie halten ihn eine Weile fest; aber von einem dauernden Recht an einer Sache weiß Heidéde noch nichts. Hochauf lacht mein Herz, wenn er, am Kaffeetisch sitzend, mit nicht zu überbietender Selbstverständlichkeit in die Zwiebackdose langt, sich einen Zwieback herausholt und krachend hineinbeißt. Die Rechtsfrage ist für ihn nicht vorhanden.

> »Herein zum Saal klein Roland tritt,
> Als wär's sein eigen Haus;
> Er hebt eine Schüssel von Tisches Mitt'
> Und trägt sie stumm hinaus.

Es stund nur an eine kleine Weil',
Klein Roland kehrt in den Saal;
Er tritt zum König hin mit Eil'
Und faßt seinen Goldpokal.

»Heida, halt an, du kecker Wicht!«
Der König ruft es laut;
Klein Roland läßt den Becher nicht;
Zum König auf er schaut.«

Und gerad mit solchen Augen schaut Klein Buzi der Große mich
an, wenn ich erstaunten Blickes frage: »Darfst du denn das?« Warum sollt er's nicht dürfen? – Und doch kann das nicht so bis ins
Greisenalter weitergehen.

Den Anstandsunterricht kann ich vertrauensvoll ganz in die
Hände Heidédes legen. Schon vor einem halben Jahr hat er beim
Fettwarenhändler Sensation und einen großen Kuchen dadurch
erzielt, daß er, in den Laden tretend, die Mütze zog, eine kavalier-
mäßige Verbeugung machte, und »Ta-a-a-g?« sagte, und ein beleib-
ter Nachbar, den er auf der Straße so begrüßte, hätte beinah einen
fröhlichen Erstickungstod davon genommen. Er bringt es jetzt seinem Vetter und Schützling bei; wenn der in die Tür tritt, faßt er ihn
beim Genick, beugt ihm den Oberkörper nach vorn und sagt
»Taaag??« Und Rollerolle zeigt sich merkwürdig gelehrig; er grüßt
schon mit einer Vornehmheit, die jedem spanischen Hofmann zur
Ehre gereichen würde.

Danach mag es wohl geschehen, daß Buzi der Große den spanischen Granden darauf untersucht, ob er sich naß gemacht habe –
denn der spanische Grande und kleine Saubayer kann sich noch
nicht ans Ansagen gewöhnen – und wie nun auch der Befund aus-
fallen mag, der besorgte Erzieher holt jedenfalls die Puderquaste
und pudert ihn, ja, ich habe auch wohl beobachtet, daß er ihn aufs
Händchen patschte, wie ers von der Mutter gesehen und erfahren.
Doch sah ich mit größter Bestimmtheit, daß darin nichts von einer
Ahndung oder Züchtigung war – sonst hätt ich's ihm verwiesen – es
war die unschuldvollste und lächerlichste Nachahmung von der
Welt: man tut halt alles, was die Großen tun, und man ist groß.

Bei Rollerolles Temperament ist es begreiflich, daß ihm zuweilen der Unterricht nicht paßt – ein wirklich modernes Kind braucht ja eigentlich überhaupt nichts zu lernen, wie unsere alten Idiotengenerationen das noch nötig hatten – und daß er gelegentlich die schuldige Ehrfurcht gegen seinen Erzieher weit genug vergißt, um nach ihm zu schlagen oder an seinen Wangen Kneif- und Kratzversuche zu machen. Dann faßt der wahrhaft Große die drohende Hand, führt sie wiederholt über die eigene Wange und sagt zärtlich »Eiii – eiii!« und schon ist Rollerolle so weit gezähmt, daß er lächelnd darauf eingeht, sich »gewöhnt zu sanften Sitten« und die krummen Waffen streckt. Und zwischendurch fällt Heidéde immer einmal wieder über seinen Zögling her wie ein Räuber über einen arglos ruhenden Wanderer, umschlingt ihn, quetscht ihn, küßt ihn und ruft mit alles verstehender, alles verzeihender, schwärmender Liebe: »Bäääbi! Bäääbi!«

Kein Zweifel, das Beste eines Erziehers ist da: die Liebe; aber auch seine geistige Berechtigung erweist sich mehr und mehr. Das Wörterbuch Heidédes schwillt fast mit jedem Tage an. Es umfaßt außer den schon erwähnten Vokabeln die Wörter »Tasche« (das ist alles, was, wie die Handtasche der Mutter, einen Henkel hat, also auch der Brotkorb, die Fruchtschale, der Wassereimer usw.), »Bümpe« (Strümpfe), »Bufi« (Buzi), »Eija« (alles, was pendelt), »Ei« (*ovum*), »Schatzi« (dies Wort spricht er mit einem ahnungsvollen Lächeln nach, als wenn er gemeint sein könnte), »Schüscher« (Süßer, desgleichen), »Dicker« (desgleichen), »Naach?« (Gute Nacht!) und »Licht«, zu dem er nun auch vorgedrungen ist. Zuweilen nimmt er ein Inventarium seines Geistes auf und sagt unaufgefordert seinen ganzen Wortschatz her, gewissermaßen als Bildungsprotz. Außerdem aber spricht er den Namen seiner Flamme: »Else«. Doch müßt ihr nicht glauben, daß er es so spräche, wie es hier steht. Ihr müßt schon selbst kommen und es euch anhören; es lohnt sich. Wenn er das »s« sprechen will, formt er erst bedächtig seine Zunge zu einer röhrenförmigen Schaufel und streckt sie dann halb zum Munde hinaus. Könnt ihr die Konsonanten s, f und b gleichzeitig sprechen? Das könnt ihr natürlich nicht; aber er kann es. In der Sprache der Kinder gibt es Laute wie in manchen anderen Sprachen, z.B. im Russischen, die wir gar nicht aussprechen können. Noch ein anderes neues Wort hat er, nämlich »Unke«. »Unke« bin z.B. ich. Mir anfangs sehr überraschend, da ich mir bewußt bin, etwas durchaus Gegenteiliges von einer Unke zu haben. Aber bald begriff ich, daß ich ein »Onkel« sein solle. Er hat mich aber nur zwei- oder dreimal so genannt und dann niemals wieder. Offenbar fühlt er, daß da gewisse feine Unterschiede zwischen den Männern, die man Onkel nennt, und mir bestehen, daß es sich hier doch wohl um innerlichere Beziehungen handelt. Natürlich weiß er, daß ich der »Großvater« bin; aber an das Wort wagt er sich nicht heran. So bin ich vorläufig namenlos.

Mehr und wichtiger als das alles ist aber, daß er uns kürzlich erzählt hat: »Mamma Licht!« Das heißt: »Mama hat Licht gemacht«. Sein erster Satz! Wenn auch vorher seine meisten Wörter als Sätze gedacht waren, so hat er doch jetzt zum ersten Male Subjekt und Aussage sprachlich zusammengefügt, zwei Begriffe ausdrücklich aufeinander bezogen. Natürlich bestehen seine Sätze vorläufig nur aus Dingwörtern.

Die Sprache, in der er sich am häufigsten bewegt, ist aber noch immer das Heidédische. So sagte er noch kürzlich, wieder einmal fleißig mit der Ausbesserung eines Schrankschlosses beschäftigt, vollkommen fließend und verständig wie ein alter Handwerksmeister:

»Ach jau wi babu wafa, jau wiwi uijeje. Ubinauji – aachwabi buti, aschi jawa! – Ooouum neija chralli chralli, ui njammi auuu wuff!« wozu dann Buzi II. etwas stereotyp, aber doch nicht unpassend bemerkte:

»Rollerollerolleraddlraddlraddl!«

In der Somatologie ist Heidéde soweit gefördert, daß er ohne Irrtum zeigt, wo seine Nase, sein Mund, sein Auge, sein Ohr, sein Hals, sein Haar zu finden ist. Auf seinen Spazierfahrten weiß er genau, wo es zur Eisenbahn um die Ecke gehen muß, selbstverständlich auch, wo es zum freundlichen Fettwarenhändler mit dem Kuchen geht und wo die Gartenpforte zum Vaterhause ist.

In den technischen Fächern hingegen ist er noch nicht ganz auf der Höhe. Zwar, wenn er mit mir am Tische sitzt, wenn ich dann unvorsichtiger Weise meine Streichholzschachtel sehen lasse und er sie selbstverständlich sofort mit dem gebieterischen Rufe »Licht!

Licht!« anfordert, dann zieht er mit kundiger Hand zunächst die Schachtel aus der silbernen Kapsel hervor; danach schiebt er mit zielbewußtem Rosenfinger die Lade aus dem Schachtelrahmen heraus, hiernach packt er mit zwei gespitzten Fingern sämtliche Hölzer aus, und wenn sie alle heraus sind, packt er sie wieder hinein. Wenn aber nicht alle wieder hinein wollen, weil verschiedene quer oder schräg liegen, dann versucht er es mit brutaler Gewalt und mit Entrüstung, ganz wie manche Erwachsene. Daß es in der richtigen Lage und mit Ruhe besser geht, weiß er noch nicht. Aber er weiß seit kurzem etwas anderes und brachte mich damit in einen schweren tragischen Konflikt. Mit dem zierlich gespitzten Händchen nahm er ein Streichholz auf, mit dem linken Fäustchen ergriff er den Schachtelrahmen und drückte das Hölzchen gegen die Reibfläche. Er hielt aber das verkehrte Ende gegen die Fläche, und so mochte es gehen. Danach indessen drückte er ein Hölzchen mit der Zündmasse gegen die Reibfläche, und nun mußte die Behörde schweren Herzens eingreifen. Wenn man solch ein herzbezwingendes Vorderpfötchen sieht, solch ein flammenbegieriges Auge, solch ein offen erstarrtes Mäulchen – glaubt es mir, es ist eine Tat, da als Spielverderber einzuschreiten. Wie gern hätt ich ihm die lichte Lust gegönnt; aber mit dem Brandstiften wollen mir doch lieber noch ein wenig warten.

Heidéde, Rollerolle und meine Wenigkeit sitzen auf dem Fußboden und errichten Monumentalbauten aus Bücherkapseln. Wie gesagt, die Richtungsbegriffe »schräg«, »senkrecht« usw. haben sich in Buzi I. noch nicht recht entwirrt; sie liegen noch bunt durcheinander wie wahllos verstreute Balken; bei Buzi II. ist es natürlich noch schlimmer, ist er doch nicht nur sieben Wochen jünger, sondern auch im Verhältnis weniger fortgeschritten. Sein »Bauen« besteht noch einzig darin, daß er die Quadern nebeneinanderstellt. Heidéde schichtet sie schon aufeinander, aber oft mit einem bedenklichen Vertrauen auf das Schiefwinklige. Ich greife also unterstützend und beratend ein, und es gelingt mir, das stürmischschiefwinklige Talent der beiden soweit zu zügeln, daß der Bau unter Dach kommt. »Vollendet das ewige Werk!« – »Ewig?« Ich sehe, was aus euer aller Mienen lächelt. Was ist das Köstlichste an diesem Walhall, an dieser Gralsburg? Geraten: daß man sie umschmeißen kann! Lange bevor in diesen beiden Jünglingen ein Ahnen von baulicher Kunst und Schönheit auch nur aufgedämmert ist, haben sie schon die tollste Lust am Zerstören. Sie können's nicht wieder aufrichten; aber zertrümmern können sie's und tun's. Jaja, sie bewahren sich schon ihre Kindlichkeit, die Großen, nur immer am verkehrten Fleck.

Ich habe vordem gesagt, daß Rollerolle, abgesehen von seiner großen Jugend, gegen seinen Vetter auch im Verhältnis um etwas zurück sei; aber deshalb soll man nicht glauben, daß er etwa stillstände. Er denkt nicht daran. Sein neuester Fortschritt reicht bis zu den Schlüsselbeinen seiner Großmutter. Wenn sie ihn unter den Armen festhält, ist er imstande, über ihren Magen und ihre Brust emporzusteigen und endlich auf ihren Schlüsselbeinen Fuß zu fassen; dann blickt er mit einem Siegerlächeln um sich: »Hier bin ich, und hier bleib ich!« und lädt uns, stolz auf die Erstürmung seiner Großmutter, zur allgemeinen Bewunderung ein, die wir servilen Schranzen ihm denn auch in überschwänglichem Maße zollen. Und wenn man seiner Großmutter in die Augen sieht, dann muß man zugeben: er hat sie erobert. Anfänger müssen ermutigt werden, auch bei Gehübungen auf dem Fußboden. In wenig Tagen wird auch Buzi II. einen selbständigen Lebenswandel beginnen. Nur mit dem blanken Parkettfußboden unterhält sein Sitzfleisch noch häufig unmittelbaren Verkehr; aber das schadet nichts; auch auf dem Parkett muß ein Jüngling sich bewegen lernen, und das Schwere macht Mut. Manchmal, wenn er liegt, liegt es auch daran, daß er dem pfeilgeraden, pfeilgeschwinden Siegeslaufe seines Vetters im Wege stand –

> »Liege, wer will, mitten in der Bahn –
> Über seinen Leib weg muß ich jagen,
> Kann ihn nicht sachte beiseite tragen.«

Anfangs nahm Rollerolle solche Rempeleien äußerst sentimental; das ist schon ganz anders geworden. Die Erfolglosigkeit seiner Tränen und die holsteinische Küche haben seine Männlichkeit merklich gefördert. Und ein Mann steckt auch in diesem Daumenlutscher, daran ist gar kein Zweifel, ein Mann mit einem ganz eigenen Kopf. Schon in München haben wir alle lachen müssen, wenn er einen Kuß geben sollte und nicht wollte. Er küßte gern und reichlich; aber wenn er nicht wollte, dann wollte er eben nicht. Dann schüttelte er den Kopf, sagte kalt und überlegen »Na na!« und wandte sich ab, wie »Ausgeschlossen. Mach dir keine Hoffnungen.« Und in solchem Falle wird sein Charakter natürlich nicht gebrochen. Vielmehr sag ich mit jenem Preußenkönig: »Ich liebe eine gesinnungsvolle Opposition«, und wenn ich in dieses unschuldige Spitzbubengesicht schaue, sag ich mit einem noch viel größeren König bei Goethe:

»Von allen Geistern, die verneinen,
Ist mir der Schalk am wenigsten zur Last.« – –

Nun können also beide laufen, und das ist für uns gewiß ein großes, anstrengendes Glück. Als die schwierigste aller Aufgaben bezeichnet man gern diejenige, einen Topf voll Flöhe zu hüten. Diesen Topf ersetzt eigentlich Heidéde schon allein; aber Rollerolle bringt ihm Verstärkung. Zwar ist er noch nicht so gefahrdrohend wie der »Große«; aber das liegt nur an den geringeren Kräften; der gute Wille ist da. Wenn sie in meinem Arbeitszimmer Quartier nehmen, dann kann ich eigentlich nicht sagen, daß sie mich nicht zur Arbeit kommen ließen; nur zu meiner eigenen Arbeit komm ich nicht. Und wenn die beiden sich in ihrem Programm noch einig wären! Aber nein, sie wollen meistens sehr Verschiedenes zu gleicher Zeit. Jetzt will der eine die große Kamintür geöffnet haben, um durch die Löcher mit mir »Kiiik« zu machen, während der andre Kuno Fischers Geschichte der Philosophie lesen will; jetzt wünscht der eine auf meiner Schulter zu reiten, während der andere die Schreibmaschine zu bearbeiten wünscht; jetzt soll ich für Rollerolle die elektrische Krone andrehen und ihn jede Lampe andachtsvoll betasten lassen, während Heidéde gerade wieder einmal vom Tritt herunterfällt. Wenn ich mich trotzdem einmal vergesse und »auf des Denkens freigegebenen Bahnen mit kühnem Glücke schweife«, werde ich mitten auf meinem Gange durchs Zimmer angehalten wie ein ertappter Schmuggler und dringend ersucht, mir die Schuhe ausziehen zu lassen. Heidéde hat ein Paar Stiefel herbeigeschleppt; ich soll die Schuhe aus- und die Stiefel anziehen. Es liegt nicht der geringste Grund dazu vor; aber er hat mich gelegentlich das Fußzeug wechseln sehen, und das möchte er wiedererleben. Die Schuhe laß ich mir ausziehen; das Weitere lehn ich ab. Heidéde verzichtet nachsichtig, klopft aber mit der Hand eifrig auf einen Stuhl und ruft dringend »Da! da! da!« Das heißt, ich soll mich setzen. Nachdem ich das getan, klopft er auf den Ledersessel; das bedeutet, ich soll mich auf den setzen. Ich bin ja nicht ungefällig und willfahre ihm. Sobald ich sitze, klopft er aufs Sofa, alles nach dem bekannten Grundsatze

>Denn der Großvater, der ist meine;
Den kann ich huppen lassen, wie ich will.«

Schwerlich werdet ihr im Bezirk der Erde ein Kind finden, das nicht die Neigung zur Willkür mitgebracht hätte; nicht umsonst findet sie sich hernach bei den Erwachsenen so allgemein.

Kinder schlafen bekanntlich nicht gern allein; die Mädel nehmen ihre Puppe mit zu Bett, die Buben irgendein Spielzeug, das sie als Kamerad in die Nacht begleitet und das man ihnen so gern mitgibt, auf daß noch ihr letzter, entschlummernder Gedanke Liebe und Glück sei. Heidéde braucht drei Schlafkameraden: der erste heißt »Haph« und ist eine scheußlich-gelbe künstliche Blume; aber er liebt sie; der zweite heißt »Eija« und bedeutet in diesem Falle ein Bauholz; der dritte heißt »Löbbl löbbl« und ist eine Garnrolle. (Alles, was rollt, ist »Löbbl löbbl«). In einer Nacht erwachte seine Mutter von dem wilden Sehnsuchtsschrei »Löbbl löbbl!!« Sie sagte sich sofort, daß Löbbl löbbl aus dem Bett gefallen sei, stand auf, ging ins Nebenzimmer, gab Löbbl löbbl seinem Freunde zurück und ging wieder zu Bett. Sie hatte noch keine zwei Minuten gelegen, als sie hörte, wie Löbbl löbbl wieder zum Bette hinausflog und ihr Söhnchen schmerzensvoll rief: »Löbbl löbbl!!!« Was soll eine Mutter tun, wenn sie nicht will, daß ihr Mann erwacht – sie gab den Spielkameraden abermals zurück und mahnte liebevoll zur Ruhe. Sie lag noch nicht wieder, als der arme Löbbl löbbl schon wieder auf den Fußboden sauste, und als sie jetzt zauderte, dem Befehl zu gehorchen, machte Buzi I. bedeutenden Krach, weil seine Mutter nicht apportierte. Da brachte seine Mutter ihm noch einmal die Rolle, schalt ihn aber mit unterdrückter Stimme, versenkte ihn mit Nachdruck in die Kissen und deckte ihn tatkräftig zu. Indessen Buzi der Große fühlte sich als Iwan der Schreckliche; er setzte Löbbl löbbl ein viertes Mal an die Luft und machte, als nichts darauf erfolgte, noch viel bedeutenderen Krach. Da indessen erhob sich sein Vater, nahm ihn aus den Kissen, brach seinen Charakter wiederholt von der Rückseite und befahl Ruhe im Baß. Das wirkte wie Morphium; in zwei Minuten schlief Iwan.

Das Ganze war eine schreckliche Schicksalstragödie nach Werner, Müllner und Houwald. Genau vor zwanzig Jahren hatte Iwans Mutter als »Appelschnut« in eben diesem Zimmer, ja, an genau derselben Wand ihr Bett gehabt, hatte sich als »Semiramis des Nordens« gefühlt und viermal kurz hintereinander in einer Nacht den elektrischen Knopf in eben dieser Wand gedrückt, weil auf dieses Zeichen eine besorgte Mutter oder ein besorgter Vater hurtig im Hemde herbeisprang.

»Erynnien, seid ihr's?
Oh, es ist wahr, Ihr habt den leichtsten Schlaf!«

Sie hatten nicht geschlafen; sie schrien »Löbbl löbbl!«

XIII.

Weihnachten, Indianer und Hampelmann – Schmeißer & Co. – Ein Mißerfolg – Wir Neureichen – Trompetenduett – Was ist Modernität? – Rollerolle auf zwei Gipfeln.

Weihnachten! Ihr sagt, es sei ein Fest für die Kinder. Schwindelt doch nicht! Es ist ein Fest *durch* die Kinder und ist vor allem ein Fest für euch! Es ist ein Fest durch das Gotteskind von Bethlehem und durch die junge Sonne, die es bringt, und durch alle Kinder, die sich an diesem Tage freuen.

Einen Vorboten der Weihnachtsfreuden hat Heidéde entdeckt, sowie er am Morgen den Fuß ins Speisezimmer setzt. »Date! Date!« ruft er mit Leidenschaft. »Date« ist bekanntlich der Imperativ Pluralis von »dare« und heißt »Gebt!«, und so ist klar, wie recht die Altphilologen haben, wenn sie den lateinischen Unterricht der Kinder für das Natürlichste von der Welt halten. Am gegenüber befindlichen Türpfosten hing nämlich ein Hampelmann. Den hatte der Indianer Heidéde mit dem ersten Blick erfaßt, und schon nach fünf Minuten hatte der Hampelmann ein Bein verloren. Nicht weil Heidéde etwa ein Zerstörer aus Grundsatz wäre, sondern weil er Kraftmensch ist. Einen großen, gewaltigen Kleiderschrank fand Heidéde eines Morgens an einem andern als dem gewohnten Platze. Er ist aber ungeheuer ordnungsliebend und, wie die Kinder im allgemeinen, konservativ; alles muß seinen richtigen Ort haben, und so stemmte er sich sofort gegen den Schrank, um ihn wieder an die alte Stelle zu schieben. Es gelang ja nicht; aber *in magnis et voluisse sat est*, in großen Dingen ist auch schon das Wollen verdienstlich. So hat er mir auch schon wiederholt die Ärmchen um die Beine geschlungen, um mich dorthin zu tragen, wo er mich haben wollte. Das erste, was not ist zur Tat, das hat er: den Mut zum Anpacken.

Und das wißt ihr ja auch alle: Jungenskraft wirkt sich in kaum einer Beschäftigung lieber aus als im Werfen oder, wie man in diesem Falle sagen muß: im Schmeißen! Mir war ehemals ein Gegenstand ehrfürchtiger Bewunderung ein Schulkamerad, der aus freier Hand einen Stein über ein vierstöckiges Haus hinwegschleudern konnte. Was in unserm Hause plötzlich alles fliegen kann, davon macht man sich keinen Begriff; manchmal möcht ich an den Spuk von Resau glauben. Und Rollerolle, in allem seinem erhabenen Vorbilde nachahmend, hat den Ehrgeiz, hinter seinem Erzieher nicht zurückzubleiben.

Weihnachten! Alle Eltern werden euch erzählen können, daß sie sich an den ersten Weihnachtsfesten ihrer Kinder oft verrechnet haben. Ich will gar nicht von Vätern sprechen, die ihrem Söhnchen am Tage der Geburt ein Schaukelpferd mitbringen – sogar Großväter sollen das fertiggebracht haben; wie *kann* man – ! – Nein, ich denke an den Tannenbaum! Welches junge Elternpaar dächte nicht Monate voraus mit strahlenden Augen an die strahlenden Augen, die das halbjährige, das ganzjährige, oder doch gewiß das 17, das 19 Monate alte Kind beim Anblick des Lichterbaumes machen werde! Meine Frau und ich haben uns darin wiederholt und schwer getäuscht. Und als die beiden Buzi in die Weihnachtsstube gehüpft waren und vor dem Baum standen, da zeigte der erste auf eine in der Ecke stehende brennende – – Lampe und sagte: »Licht!« und dann stürzte er sich sofort auf ein hölzernes Schaf und rief begeistert »Dira!« (»Dira«, wie man weiß, ist unsere Wolfshündin und sind alle Tiere), und der Tannenbaum war erledigt, und nicht anders wirkte er auf den zweiten. Ich habe mich dann auf die Lauer gelegt und gewartet, ob, wenn nicht das sprunghaftere Wölfle, so doch vielleicht der beschauliche Heidéde einmal zum Tannenbaum zurückkehren und ihn mit seinen andächtigen Augen bestaunen werde – nichts dergleichen geschah. Ich habe keine Erklärung dafür. Vielleicht ist des Lichtes zu viel, als daß sie zu einem wohlbegrenzten Bilde, zu einer runden, abgeschlossenen Wahrnehmung und Vorstellung kommen könnten; vielleicht sehen sie das Licht vor Lichtern nicht. Am Tage, als er nicht brannte, bewiesen sie dem Baume mehr Aufmerksamkeit; sie erkannten die einzelnen Gegenstände, die daran hingen, und betasteten sie mit Neu- und Habgier.

Also das war im ganzen eine Enttäuschung; aber sonst hatten wir glänzend kalkuliert. Jedes unserer Geschenke hatte ins Weiße des Kinderherzens getroffen; jedes war ein voller Erfolg, sogar das Paar Stiefelchen, das der Knecht Ruprecht für Heidéde hingestellt hatte, das er mir staunend zeigte und dann durchaus mir anziehen wollte. Da ich keine junge Dame bin, hab ich gar nicht erst den Versuch gemacht. An Augenmaß, wie man sieht, fehlt es Buzi dem Großen noch sehr. Durch die vielen Verwandten und Freunde ist die Zahl der Geschenke – fast hätt ich gesagt: leider – recht groß geworden; es ist fast wie bei Raffkes oder Neureichs, und doch zählen wir nur auf Grund der beiden Buben zu den Neureichen. Aber die meisten Spielzeuge werden nach dem Feste beschlagnahmt und nur nach und nach und einzeln freigegeben. Wenn man seinen Kindern ein recht sprunghaftes und flatterhaftes, unstetes, oberflächliches, stumpfes, gelangweiltes, Phantasie- und geistloses Wesen beibringen will, so braucht man sie nur mit Spielzeugen zu überschütten. Gebt einem Kinde *ein* Spielzeug, abwechselnd auch zwei oder drei, und es kann sich ein Jahr lang daran freuen und entwickeln; gebt ihm zwölfe, und es verlangt morgen nach dem dreizehnten und vierzehnten und hat auch am hundertsten keine Freude mehr. Der Sinn des Spiels ist Sammlung, nicht Zerstreuung.

Am ersten Weihnachtsfeiertag hab ich mir dann, wie mir keiner verdenken wird, einen guten Tag gemacht, hab mich an dem Drama, das ich weiterbringen, an dem Baumkuchen von Briefen, die ich erledigen sollte, mit scheuem Verbrecherblick vorbeigedrückt, mich auf den Fußboden zu den beiden gesetzt und gespielt. Umsonst ist dieses Vergnügen freilich nicht, das glaubt mir; manchmal fühl ich die Großvaterliebe in allen Knochen. Besonders Buzi I. gibt keine Ruhe, bis seine Tagesordnung bis auf jedes Tipfelchen erledigt ist; er ist in allen Dingen für eine »erschöpfende« Behandlung. Und das ist das Schöne an Kindern: morgens, wenn sie aufstehen, ist man glücklich, und abends, wenn sie im Bett liegen, ist man's auch.

Den größten Treffer scheinen wir doch mit den beiden Baukästen gemacht zu haben; ich muß bauen und bauen, damit sie umschmeißen können, und jedesmal muß ich vor Schreck mit umfallen, und jedesmal gibt es ein gar nicht auszuquietschendes Vergnügen. Aber auch sie bauen schon mit Andacht und Kühnheit. Anstrengend sind sodann die beiden Trompeten. Jeder von ihnen hat eine Trompete bekommen, auf der man den Pilgerchor aus dem Tannhäuser, die Holländer-Ouvertüre, Beethovens »Die Himmel rühmen,« die Erlösungsfanfare aus dem »Fidelio«, den 1. Akt des Don Juan, kurz: die köstlichsten Werke der Musik anfangen kann. Mit besonderer Leidenschaft bläst Rollerolle; in ihm scheint überhaupt ein Musiker zu stecken; er wiederholt einen vorgesungenen Ton vollkommen richtig und tutet auf allem, was eine Öffnung hat. Vielleicht steht in ihm der Kapellmeister und Tondichter auf, den ich in mir ersticken mußte. Allerdings wird man bei ihm auf das Modernste gefaßt sein müssen. Wenn eine meiner Töchter Klavier spielt und singt, greift er plötzlich einen Baß dazu, der unserer Zeit weit vorauseilt und *heute* wenigstens noch *nicht* erlaubt ist. Eines Tages, als Heidéde meiner Tochter andächtig zugehört hatte – »Tatte tut tut!« hatte er allen laut verkündet –, betätigte Rollerolle sich wieder kontrapunktisch; da aber zog ihm sein Musiklehrer, auch hierin konservativ, die Hände von den Tasten und rief ernstlich verweisend »Bäbii! Bäbii!«, umklammerte ihn wie einen Kartoffelsack, schleppte ihn eine ganze Strecke weit fort, setzte ihn dann nieder und hörte wieder andächtig zu.

Wenn beide zugleich blasen, wirkt es weniger schön, zumal da die Instrumente nicht gleich gestimmt sind; aber man erträgt es, weil es ja nicht lange dauern wird. Kindertrompeten bringen es im Durchschnitt auf ein Alter von zwei, höchstens drei Tagen; dann verstummen sie für immer. Und in diesem Punkte ist Heidéde nicht konservativer als Rollerolle.

Als ein vollkommen modernes Kind erwies sich Rollerolle an einem Tage, da er das Taschentuch seiner Großmutter ergriff und ihr die Nase putzte. Denn was heißt »Modernität«? »Modernität« heißt Fortschritt, und worin besteht aller Fortschritt? Darin, daß die Säuglinge den Eltern und Großeltern die Nase putzen.

Zum Glück schreitet Rollerolle noch in andrer Hinsicht vorwärts und aufwärts. Seitdem er damals die Schlüsselbeine der Großmutter mit Führer erstiegen, hat er sich mächtig entwickelt und ohne Führer, Eispickel und Seil die Dreistufenspitze »gemacht«, den Tritt zu meiner Bücherei, und hat es mir, als er den Gipfel erreicht hatte, mit Jauchzen verkündet wie der Knab vom Berge.

Und noch einen andern Gipfel hat er kürzlich erklommen, den der Frechheit. Auch er strebte mit lüsternen Fingern die große Papierschere an, und ich sagte: »Nein«!

»Nein?« fragte er ironisch lächelnd.

»Nein!« wiederholte ich.

»Ja!!« versetzte er.

Dabei machte er ein Gesicht, daß ich ihn, wenn es nicht gegen alle Disziplin gewesen wäre, fürchterlich abgeküßt hätte. In diesem – ich hätte beinah gesagt: geistvollen – Amoretten-Lächeln war nämlich gar keine Frechheit, höchstens ein Anflug von Keckheit, vor allem aber die Frage: »Hab ich da nicht einen ausgezeichneten Witz gemacht?« Er »uzt« sich überhaupt über die Maßen gern mit mir, versucht es auf jegliche Art, mich zu necken, »Streit« mit mir anzufangen, und ich gehe immer mit großer Zornmütigkeit darauf ein, weil ich mir sage: Was sich neckt, das liebt sich.

Geist bedeutet es wirklich, daß dieses Häuflein schon den Gegensatz von »Ja« und »Nein« begriffen hat.

Und überrascht hat mich an jenem Weihnachtsmorgen noch ein andres. Buzi II. ist nicht so beharrend im Spiel wie der Erste; er sucht häufiger Abwechslung. So gab ich ihm wieder einmal meine Uhr. Er hielt sie ans linke Ohr und horchte. Dann mußt' ich sie aufmachen, zumachen, aufmachen, zumachen usw., und nach einiger Zeit hielt er sie wieder ans Ohr, aber diesmal ans rechte! Das ist merkwürdig. Er weiß schon, wenigstens instinktiv, daß man auf beiden Seiten des Kopfes hören kann. Vielleicht hat man ihn von Anfang an die Uhr rechts und links hören lassen, so daß schon Gewöhnung vorliegt; aber für ein Kind im Alter von 17 Monaten wäre es ohne Zweifel näherliegend, die Uhr immer ans gleiche Ohr zu halten.

XIV.

Drama im Ofen – Der Verfasser bewegt sich in guter Gesellschaft – Das Coucher der Souveräne – Der Ehrenmann als Schwindler – Zwei Böcke im Lichte der höheren Vernunft.

Ich habe erzählt, daß der brennende Christbaum nur einen mäßigen Eindruck machte. Ja, aber da hättet ihr sehen sollen, wie Heidédes Vater in seiner Wohnung – Heidéde und seine Eltern wohnen in unserm Hause als unsere Zwangsmieter – also: das hättet ihr miterleben sollen, wie Heidédes »Papa« im Ofen seiner Wohnung an jenem Weihnachtsmorgen ein Feuer anmachte! Ja, du großer Gott! Die schweigend und unbewegt glühende Kerze des Christbaumes, die ist ein lyrisches Gedicht, ist ein gar leises Lied; aber Feuer anlegen und dann dies allmähliche Aufzüngeln und Qualmen und Knistern und Lodern und Prasseln und Knacken und Sausen – ja, du großer Gott, das ist Werden, ist Wachsen, ist Steigerung, ist Handlung, das ist ein *Drama*! Ja, meine Herrschaften, das ist ganz etwas andres! Da ist *vor* dem Ofenloch noch viel mehr Feuer und Flamme als *drinnen*! Da gibt's gar keine Augen, die groß genug sein könnten! Da kann man gar nicht so oft »Licht! Licht!« rufen, wie man entzückt ist! Es ist ein großes unverbrüchliches Seelengesetz, daß der Mensch an nichts so sehr einen Anteil nimmt wie am *Werden*; es gibt keine brennendere Frage für ihn als das *Werden*, und kein empfänglicheres Publikum hat das Drama des Lebens und der Bühne als das Kind.

Mit vorwitzig gespitztem Finger am Teetopf haben die beiden Buzi gelernt, was »heiß!« und darum mit Respekt zu behandeln ist. Auch vor dem Ofenfeuer wird ihnen mit schrecklichen Gebärden bedeutet, daß es »heiß! heiß!« ist, und in ihr Staunen mischt sich wohltätiges Grauen, und in heiligem Schauder wiederholen sie: »Hei! hei!« Zwar ist es trotzdem gewiß, das erst ihre gebrannten Finger das Feuer scheuen werden; aber sie brauchen nicht verbrannt zu sein. Zwar ist es gewiß, daß man Kinder wagen soll, sonderlich Buben; aber wer die glücklichste Mischung von warnen und wagen findet, der trifft das Richtige.

An jenem Weihnachtsmorgen erschien auch ein Onkel und schoß trotz unserer großen Erfolge bei Heidéde für mehrere Tage den Vogel ab, und womit? Mit einem Kegelspiel. In der Heidéde-Sprache heißt »Eija« 1. Bett, 2. Schlafen, 3. alles was pendelt, 4. Bauholz, 5. alles, was walzenförmig ist, 6. noch einiges andre. Mit Sturmesgewalt macht Heidéde mir Anzeige von dem neuen Geschenk; »Eija! Eija! Unke! Unke!« D.h. »hat Onkel mir gegeben!« Und wenn er mir die Hühner zeigt, die seine Tante Hertha ihm geschenkt hat, ruft er: »Biep! Biep! Tatte! Tatte!« Hört ihr nichts heraus, wenn er bei jedem Geschenk den Geber nennt? Und was sagt ihr dazu, daß er, wenn man ihm, der so gern Schokolade ißt, ein Stück von diesem höchsten Erdenglück reicht, es unverzüglich seinem Vetter in den Mund schiebt, daß er, wenn man ihm ein zweites verabfolgt, es ebenfalls dem Kleinen geben will, daß er es dann, nachdem man gesagt hat: »Das sollst du haben«, es zwar zum Munde führt, danach aber »Mamma!« ruft und es seiner Mutter in den Mund steckt und erst hierauf selbst ein Stück zu sich nimmt? Was sagt ihr dazu, daß er, wenn Rollerolle ihm die Hälfte meines Brillenfutterals, mit dem er doch so gern spielt, weggenommen hat, ihm auch die andre Hälfte reicht, weil Rollerolle ja sonst nichts damit anfangen könnte? Und was sagt ihr dazu, daß Rollerolle nicht nur »Bitte« macht, sondern nach jeder Gabe ganz von selbst auch »Dakke?!« sagt? »Bitte« sagen ist ja keine Kunst; denn dann hat man noch nichts; aber wenn man was gekriegt hat, jedesmal »Danke« sagen, das zeugt von anständiger Gesinnung. Ich kann mir nicht helfen: ich werde das Gefühl nicht los, daß ich mich bei diesen jungen Leuten in guter Gesellschaft bewege.

Natürlich empfind ich das als ein höchstes Großvaterglück und empfind es auch mit einem gewissen Stolz; aber das laß ich niemand merken, und kein Mensch soll glauben, daß ich ihm ein »g« für ein »k« machen und ihm meine Enkel für Engel verkaufen möchte. Ich denke nicht dran. Heidéde z.B., wenn er längst zu Bett gebracht ist – aber halt: da muß ich ja erst den Abendbericht erstatten. Wie bei anderen Fürstlichkeiten das »Lever« eine große Sache ist, so ist es bei diesen das »Coucher«. Es ist ein ganzes, zusammengesetztes, umständliches Ritual. Nach den feierlichen abendlichen Waschungen mit ihren zahlreichen begleitenden Gebräuchen (Aufdrehen sämtlicher Hähne, Ausziehen des Stöpsels aus der Badewanne, Ausgießen der Schale, Belutschen des Waschlappens trotz Verbots usw. usw.) wird Heidéde zunächst zu Rollerolle ins Bett gelegt; das ist Weltordnung. Dann wird Rollerolles spröde Gesichtshaut mit einer Salbe eingerieben. Danach muß Heidédes durchaus nicht spröde Gesichtshaut natürlich ebenfalls eingerieben werden. Und da Rollerolle auch am Arm etwas spröde ist und eingefettet wird, so muß selbstverständlich auch Heidéde am Arm eingefettet werden. Damit dürfte bewiesen sein, daß der Mensch ein Vetter des Affen ist. Hierauf müssen alle, die das Bett umstehen (bei schwachem Besuch 4 bis 5 Personen) untertauchen und dann plötzlich über dem Bettrand wieder auftauchen und dazu den Gesang der eierlegenden Henne ertönen lassen:

»Dockdock dockdock dockdock *dark*!!«

Das hab ich auf dem Gewissen; ich hab es eines Tages angefangen, und das ist nun der Fluch der bösen Tat, daß wir fortzeugend Eier müssen legen. Nachdem ein Stieg Eier zusammen ist, umarmt endlich Heidéde seinen Vetter aufs zärtlichste, sagt: »Naaach, Bäbi?« küßt ihn und läßt sich in sein eignes Bett tragen.

Also: wenn er längst zu Bett gebracht ist und man ihn im tiefsten Schlafe wähnt, hört ein zufällig am Schlafzimmer Vorübergehender plötzlich laut geschwungene Reden, Gesänge oder Juchezer, und wenn er eintritt, sieht er Buzi den Großen »mit Rednergebärden und Sprechergewicht« steil im Bette stehen. Aber schon im selben Augenblick liegt derselbe Buzi lang in den Kissen, gräbt das Gesicht tief in den Kopfpfühl und sagt »Eija!« Das heißt »Ich schlafe längst!« oder mindestens heißt es: »Ich liege ja, was willst du mehr?« Also Anfälle von Schwindel hat auch schon dieser Ehrenmann.

Ferner muß berichtet werden, daß beide jungen Herren augenblicklich die bekannte Periode der »Bockigkeit« durchmachen. Das ist die Zeit, da der Wille an sich ihnen Vergnügen macht und sie sich unsern Wünschen verschließen, auch wenn die Weigerung für sie von gar keinem sachlichen Belang ist. Heidéde schnappt jetzt allerlei Wörter von unsern Lippen auf; so hat er das Wort »appetitlich« aufgefangen. Ich kann euch auf Manneswort versichern: es ist zum Tollwerden entzückend, wenn sein appetitliches Mäulchen »appetiti« sagt; überhaupt könnte ich stundenlang zuschauen und zuhören, wenn diese Lippen, Zähnlein und Zünglein eines Kindes, diese göttlich feine Werkstatt der Sprache, ihre Arbeit üben; es ist, wie wenn ein Kolibri singt, nur noch viel feiner. Natürlich heißt es nun manchmal: »Buzi, sag einmal ›appetitlich‹« Und dann zeigt sich der Kolibri zuzeiten als Bock. Er will nicht, weil er eben nicht will. In solchen »läßlichen« Dingen macht es nun den allergrößten Eindruck auf Böcke, wenn man sie merken läßt, daß man ohne ihre Geneigtheit sehr gut weiterleben kann, daß es einem in hervorragendem Maße »wurscht« ist, ob sie »appetiti« sagen oder nicht. Gewöhnlich sagen sie's dann bald von selbst. Bei notwendigen Forderungen aber verfährt man genau wie bei den zoologischen Böcken; man hilft durch kategorischen Zuruf oder durch körperliche Überredung nach.

Man braucht nicht erst zu betonen, daß von Böcken nicht lautere Vernunft zu erwarten und somit auch bei Rollerolle und Heidéde dieses Himmelslicht noch nicht zu reinstem Glanze entfacht ist. Daß Heidéde die Hand in eine Vase zwängt, aus der er sie dann nicht wieder herausbringen kann, will ich ihm so hoch nicht anrechnen, auch nicht, daß er, statt sie durch wohlüberlegte Drehung und Massenverteilung wieder zu befreien, klagend zur Tante läuft; aber daß er dann noch fünfmal die Hilfe der Tante anrief, weil er noch fünfmal die Hand hineingequetscht hatte, das find ich für einen Erzieher reichlich unvernünftig.

Ach, da ist noch mancherlei, was mit unserer höheren Vernunft nicht stimmt. Ein Kreisel, der sich tadellos auf der Tischplatte dreht, ist ja ganz nett; aber er darf nicht so lange laufen, sonst muß man eingreifen. Und hübsch ist er erst, wenn er entzwei ist oder richtiger, wenn man ihn entzwei machen kann. Überhaupt: ein Gegenstand, an dem man keine Veränderung vornehmen kann, ist zwecklos, sinnlos und fliegt bei erster Gelegenheit über Bord. Wenn sie ein Spielzeug glücklich entzwei gemacht haben, so halten sie's einem hin und rufen »Heil! Heil!« d.h. »Mach's wieder heil!« Sie verlangen's aber nur mit dem Hintergedanken, es danach sogleich wieder in Stücke zu zerlegen. Neuerdings bedeutet »Heil« bei ihnen dasselbe wie »entzwei«. So vereinigen sie zwei entgegengesetzte Bedeutungen in einem Wort; es ist sprachliche *generatio aequivoca*.

Und noch immer möchten sie den ganzen Inhalt der Schöpfung in den Mund stecken, wenn's nur immer anginge oder zugelassen würde. Wenn sie sich des Morgens nach dem Frühstück an ihr Tagewerk begeben, das im Verschieben von Möbeln durch sämtliche Zimmer, im Ausbessern von Schlössern, Tischen, Stühlen, Klavieren, Belecken und Abreiben von Spiegeln usw. besteht, dann – das muß ich zugeben – tun sie es mit pflichtbewußtem Ernst und vollkommenster Sammlung; aber selten sieht man sie anders als mit einer Zigarre im Munde, sei es nun Marke »Wäscheklammer« oder »Teelöffel« oder »Hausschlüssel« oder »Bauholz« oder »Badepuppe« oder welche sonst. Was sie leisten, erkennt man am besten, wenn man sie fünf Minuten allein gelassen hat; das Ergebnis ihrer Arbeit kommt dann genau auf das hinaus, was die Studenten einen »Budenzauber« nennen. Übrigens »Studenten«! Neulich beobachtete ich sie bei einem regelrechten Zweikampf; es war eine Mensur auf Eßlöffel ohne Binden und Bandagen, mit richtigen Primen, Terzen und Sauhieben.

Vollkommen abgeschlossen ist ihre »Kinderstube« eben noch nicht, und wenn mir manchmal bei ihrem Anblick »Orest und Pylades« auf der Lippe schweben, so werden im nächsten Augenblick »Max und Moritz« daraus. Seitdem Heidéde zur Weihnacht auch einen kleinen Stuhl bekommen hat, ist er von meinen Trittleitern unabhängig; er kann diesen gradus ad Parnassum durchs ganze Haus schleppen und nimmt mit seiner Hilfe alle zwei Minuten einen »ungeahnten Aufstieg«. Kürzlich ging er gestiefelt und gespornt auf den frischgemachten Betten seiner Eltern spazieren, und zwar auf der besonders delikat gearbeiteten Spitzen-Zierdecke. Natürlich die Schuld seiner Mutter: sie hatte ihn eine ganze halbe Minute aus den Augen gelassen!

XV.

Würdelosigkeit – Farbe, Licht und Tante – Zukunftsbilder und höchste Hoffnung – Exoriare ex ossibus ultor – Wo das Paradies liegt.

Was ich überhaupt bei beiden Herren noch gänzlich vermisse, das ist *Würde*. Und dies nicht nur bei dem Jungen, sondern fast mehr noch bei dem Alten, nicht nur bei Rollerolle-Telemach, sondern sogar bei Heidéde-Mentor. Dieser Ludimagister berauscht sich seit einiger Zeit täglich, ja, er holt sich mehrere Räusche an einem Tage! Er läuft so lange um seinen Stuhl herum, bis ihm wirblig wird und er mit Lachen zu Boden fällt. Man muß ja zugeben: es ist ein Rausch, wie er in diesen Zeiten so billig sonst nicht zu haben ist; aber ein Laster bleibt es doch, was man schon daran sehen kann, daß Heidéde, wenn er kaum wieder auf den Beinen stehen kann, den Rundlauf von neuem beginnt. Natürlich konnt' es nicht ausbleiben, daß er eines Tages mit dem Kopfe gegen den Stuhl fiel und brüllte. Brüllend raffte er sich auf, und noch brüllend umkreiste er von neuem den Stuhl. Da mußte ich laut herauslachen. Er hielt inne, sah mich an und lachte ebenfalls, fand aber dann, daß Lachen seinen augenblicklichen Empfindungen doch nicht angemessen sei, und brüllte wieder. Nun gab ich ihm zum Trost seine Mundharmonika. Er führte sie sofort zum Munde und blies mehrere schöne Akkorde. Dann kam ihm wieder der ganze Ernst seiner Lage zum Bewußtsein, und er brüllte wieder. Dann fiel sein Blick wieder auf die tröstende Zauberflöte, und er blies ein etwas längeres Stück, und dann fiel ihm ein, daß er ja ganz das Brüllen vergessen habe, und er brüllte wieder. Es war zum Bersten komisch; aber würdevoll war es *nicht*!

Rollerolles leichterer Natur liegen Würdelosigkeiten natürlich noch näher. Heidédes Trösterin ist doch wenigstens die Musik; was aber soll man dazu sagen, wenn Rollerolle mitten in der lautesten, leidenschaftlichsten Klage an das Schicksal nach einem Löffelvoll Apfelreis auf seinen Bauch klopft und »Mmmm?« sagt? Solch ein Mangel an Würde kann auch dadurch nicht ausgeglichen werden, daß Heidéde sich regelmäßig rasieren läßt. Wenn ich mich rasiere, steht er dabei, und ich muß ihm Seifenschaum auf beide Backen und unters Kinn streichen – sollte ich das Kinn vergessen, so erinnert er daran –, muß mit irgendeiner Stelle des Rasierapparates darüber hinfahren, ihn danach abtrocknen und pudern. Dann erst fühlt er sich Mann.

Auch verträgt sich Eitelkeit nicht wohl mit Würde, und Heidéde ist eitel, will sagen: auf sein Äußeres, und das ist an sich ein erträglicher Fehler. Ein Mädel, das nicht eitel ist, ist fast immer eine Schlumpe, und bei Jungens ist ein gewisser Grad von Eitelkeit ein schätzbares Gegengewicht in der später unweigerlich eintretenden Lehm- und Schlammperiode. Ob Heidéde die Eitelkeit angeflogen ist, oder ob er sie mitgebracht hat? Wenn er sich gegen das Umziehen sträubte, ist ihm wohl einmal ein Gewand als besonders fein und schön angepriesen worden; vielleicht ist er darin auch hin und wieder unvorsichtig bewundert worden; aber das meiste hat doch, glaub ich, Mutter Natur getan. Sie hat ihm, scheint mir, das Talent jener Leute mitgegeben, die in einem sieben Jahr getragenen Anzuge noch vornehm aussehen; er hat Haltung und hält auf sich, und von seinen Lippen klingt das Wort »appetitlich« auch deshalb so anmutig, weil er gleichzeitig so aussieht. Meistens wenigstens, meistens! Zweifellos ist ein großer Ordnungssinn mit ihm geboren; wenn ich nach Hause komme, zeigt er mir sofort, wo ich Rock und Hut aufzuhängen, wo ich meinen Stock hinzustellen habe, und bei Tische weist er jedem genau seinen Platz an.

In einem Augenblick der Eitelkeit hat er aber auch wieder Zeugnis von innerer Entwicklung abgelegt. Er strich bewundernd über den prachtvoll roten Saum seines Kittelchens, rief »Ei??! Ei??!« und zeigte dann auf Rollerolles roten Gürtel und rief »Bäbi!« Rot und rot gesellte sich in seinem Kopfe, und das Farbenspiel der Welt kommt ihm zum Bewußtsein. Empfunden und wahrgenommen hat er die Farben vermutlich schon früher; aber hier war zum ersten Mal der Begriff einer Farbe bezeugt. Und wie voreilig wär' es nun doch wieder, daraus auf gründliche Kenntnisse in der Optik zu schließen! Als an einem dieser dunklen Winternachmittage seine Tante Irene nach Hause kam und ins Zimmer trat, drehte sie das Licht an. Heidéde nahm davon Vermerk. Als sie aber nächsten Tages zwei Stunden früher, am hellichten Tage hereintrat, rief er sofort: »Tatte – Licht!« Es ist ihm noch nicht zum Bewußtsein gekommen, daß das

Licht die Aufhebung der Dunkelheit ist; ihm ist es ein Vergnügen und eine Folgeerscheinung der Tante Irene.

Oben und unten unterscheidet er schon länger; wenn ich im Oberstock unseres Hauses war und man ihn fragte: »Wo ist Großvater?«, dann zeigte er nach der Decke und sagte »Da!« Körperlich hat er den oberen Stock noch früher erobert; die 20 Stufen hohe Treppe steigt er am liebsten ohne Begleitung hinauf. Aber diese Erwachsenen sind mit ihrer Bevormundung und Gängelung nun einmal so zudringlich!

In einem Bildnis, das dort oben hängt und das mich als 37 jährigen darstellt, erkennt er ohne weiteres den 60jährigen, und mit Überraschung und Vergnügen stellte er kürzlich fest, daß sein Vetter anatomisch ebenso zusammengesetzt sei wie er selbst. Und dann begann er sofort den Unterricht; er nahm des Kleinen Händchen, führte es ihm an die Nase und sagte »Da!«, ans Auge und sagte »Da!« usw. usw.

Heidéde, willst du Schulmeister werden, dann nimm meinen fröhlichsten Segen! Es wird jetzt nicht so gut entlohnt wie Kesselflicken und Leimsieden, weil es nicht bloße Handarbeit ist, sondern Kopf und Herz dazu gehört; ein geschmähter Mann ist der Schulmeister noch immer und wird es bleiben. Denn dieser unangenehme Mensch fordert von den andern, daß sie etwas lernen, daß sie sich anstrengen und ihre Pflicht tun. Aber eben darum ist er der vornehmste Mann. Er ist wie Vater und Mutter Gottes Stellvertreter auf Erden; das Werk des letzten Schöpfungstages ist auch sein Werk: er schafft den Menschen Gott zum Bilde. So gut es ein schwacher Mensch vermag. Nur ein Beruf ist noch schöner, noch beglückender, obwohl nicht vornehmer: der des Künstlers, der die Menschen besser macht.

Heidéde, willst du ein Künstler werden? Ich beobachte seit einer Reihe von Tagen Seltsames an dir. Ich sehe dich immer wieder in einen bestimmten Winkel des Empfangszimmers laufen, wo du allein bist, sehe dich dort bis zu zehn Minuten verweilen (für Kinder eine sehr lange Zeit!), sehe dich am Sofa lehnen und träumen oder am Boden sitzen und offenbar mehr in deiner Seele spielen als mit deinen Hölzern. Heidéde, was zieht dich geheimnisvoll in diesen Winkel? Fühlst du, halb schauend, halb ahnend, Horazens

» Ille terrarum mihi praeter omnes angulus ridet?«
»Dieser Erdenwinkel lacht mir vor allen andern?«

Heidéde, merkst du, daß alle Dinge atmende Wesen sind, Wesen mit redendem Angesicht, daß sie an jedem Ort zu anderer Gemeinschaft, zu anderen Welten zusammenstießen, zu freundlichen hier, zu schreckenden dort? Heidéde, ist dieser Winkel dir ein Lied, ein Bild, ein Freund und Gespiele? Ich weiß nicht, ob ich dir wünschen soll, daß du ein Künstler werdest: du siehst dann die schönste aller Welten und die häßlichste. Aber gewiß will ich dir Auge, Ohr und Herz eines Kunstempfangenden wünschen; dann bleibt dir das Häßlichste vielleicht erspart.

Rollerolle, willst du ein Klarheitbringer werden? Willst du mit deinem guten, sonnigen Spitzbubenlachen ins Innerste der Menschen dringen und alle Schleier, die sie davorgezogen haben, mit Lachen hinwegziehen? Willst du Schlangen töten mit dem Strahl des Lachens? Dein Auge könnt' es wohl versprechen.

Rollerolle und Heidéde! Wenn ihr einst diese Blätter lest – glaubt nichts von allem Guten, das ich über euch berichtet habe; glaubt es erst, wenn ihr's durch euer eignes Tun verdient habt! Der dies schrieb, ist ein alternder Mann, dem, wenn er euch anschaut, Liebe und Glück das Auge umnebeln. Und doch dachte er beim Schreiben niemals allein an euch; er dachte an alle Kinder und an alle Menschen. Ich weiß nicht, was ihr einst werdet und werden könnt, weiß durchaus nicht, ob ihr Ausnahmemenschen seid; aber glaubt immer, daß ihr's werden könnt! Wer sich keinen Kölner Dom zutraut, wird nie ein rechter Baumeister werden. Eines aber, hoff ich, sollt ihr gewiß werden.

Als du, mein lieber Heidéde, vor kurzem in Zorn gerietest, weil wir dir nicht zu Willen waren, da schleudertest du ein Tellerchen, das vor dir stand, auf den Boden, und der Teller – zersprang in Stücke. Du hattest, mein Kind, in der kurzen Spanne deines Lebens – du warst an diesem Tage genau 1 ¾ Jahre alt – schon viele Dinge durch den Luftraum befördert, meistens freilich nur aus harmlosem Kraftübermut; aber bisher waren es dank unserer Weisheit Gegenstände gewesen, die es vertragen konnten. Diesmal war es ein zerbrechlich Ding, und du starrtest plötzlich tieferschrocken auf Scherben. Dann schlugst du beide Händchen vor die Augen wie vor etwas Schrecklichem und brachst in so herzbrechendes, klagendes Geschrei aus, daß es mir die Seele erschütterte. Und dann hobst du flehend die Ärmchen zur Mutter und riefst »Mamma!!« und dann zur Tante und riefst »Tatte!« und dann zu mir, dem Namenlosen, und weintest immerfort: »Ouh, ouh, ouh!« und starrtest dann wieder die Scherben an und schlugst wieder die Händchen vors Gesicht. Es war das Ergreifendste, was ich je an einem Kinde erlebt habe: in deiner Herzensnot wandtest du dich zu denen, von denen du Strafe erwarten konntest, um Hilfe, Schutz und Trost! Damals hast du uns alle unendlich glücklich gemacht; denn wenn ein Kind zu denen, von denen die Strafe kommt, Schutz erflehend die Arme erhebt, dann wissen sie, daß das Kind noch fest an ihrem Herzen ruht, dann weiß das Kind, daß ihre Strafe Liebe ist. Und noch ein andres machte uns überglücklich. Du weintest so jammervoll nicht aus Furcht vor der Strafe – du lieber Gott, unsere Strafen können kein Entsetzen einflößen; sie sind ja eigentlich nur Andeutungen von Strafen – du sahst zum ersten Mal die Folgen deiner Tat und warst darum tief erschrocken, du fühltest eine Schuld. Wie hätten wir dich auch jetzt noch strafen können; du warst ja genug gestraft! was blieb mir denn noch andres übrig, als dich an meine Brust zu ziehen und dir die Tränen vom Auge zu küssen, und immer wieder hab ich dich ans Herz gepreßt, glückselig und mit Schauern, wie damals, als ich dich zum erstenmal in meine Arme zog.

Ein großer Dichter, Denker und Mann hat das Götterwort gefunden:

>»Das Leben ist der Güter höchstes nicht;
>Der Übel größtes aber ist die Schuld.«

Was aber ist denn der Güter höchstes? Daß wir unsere Schuld fühlen, daß wir sie tilgen können. Der Güter höchstes ist das Gewissen.

Und das, Rollerolle und Heidéde, ist das Eine, das ich gewiß von euch hoffe: daß ihr Menschen mit einem Gewissen, daß ihr gute Menschen werdet. –

Ich muß dir, mein lieber Heidéde, bei dieser Gelegenheit noch eine Jugendsünde vorrücken, genau genommen zwei. Du hast vor einiger Zeit bei Tische mit deiner natürlichen Gabel in die Schüssel gelangt, hast einen jener gebackenen Fleischklöße, die man Frikandellen oder Boletten nennt, mit unbefangenem Griffe herausgeholt, hineingebissen und uns dabei mit goldnen Engelsaugen ruhevoll angeschaut. Der Inbegriff der herrschenden Pädagogik ist bekanntlich stilgemäß in die Berliner Formel zu fassen:

»Laß das Kind doch die Bolette!«

So gut hast du es nicht; sie wurde dir wieder genommen. Du hast, Klein Roland, nicht lange darauf mit ungetrübter Seelenreinheit ein Viertelpfund Käse »von Tisches Mitt!« genommen und mit den verträumten Augen eines weltfremden Idealisten hineingebissen. Auch wir hatten gerufen: »Heida, halt an, du kecker Wicht!« und haben dir aus Gesundheits- und Schönheitsgründen die Beute wieder abgenommen; aber du hast uns doch eine feurige Herzensfreude gemacht. Du warst mit Recht dir keiner Schuld bewußt; denn erstens hast du überhaupt noch nicht den Begriff des Eigentums, und zweitens gehörte der Käse nach Familienrecht auch dir, wenn auch nicht gleich das ganze Viertelpfund. Was uns so tief erquickt und so freudevoll erhoben hat, das war dein herzhaftes Zugreifen.

»Du nimmst die Schüssel von Königs Tisch,
Wie man Äpfel bricht vom Baum;
Du holst wie aus dem Brunnen frisch
Meines roten Weines Schaum.«

So sollt ihr ins Leben greifen, Jungens, und nehmen, was euch zukommt, *sollt aber vor allem zurückholen, was Diebe euch gestohlen haben.* Ich sag es dir, mein Gerhard, sag es dir, mein Wolfgang; ich sag es jedem deutschen Sohn ins wartende Auge:

»Sollst greifen in frecher Räuber Tisch
Mit starker Rächerhand,
Sollst bringen zu Heil und Ehre frisch
Dein seufzend Mutterland!«

Wehmutsvoll leg ich die Feder hin, die mich wieder sieben Monde lang durch das Land der Kinder geführt hat. Warum hat die Vorsehung an den Anfang dieses furchtbaren Lebens das Paradies der Reinheit gesetzt? Damit wir es unser Lebenlang suchen mit ruhelosem Drange und *erwerben*, was wir einst besessen haben. Das Paradies liegt hinter uns – und vor uns.

Über tredition

Eigenes Buch veröffentlichen

tredition wurde 2006 in Hamburg gegründet und hat seither mehrere tausend Buchtitel veröffentlicht. Autoren veröffentlichen in wenigen leichten Schritten gedruckte Bücher, e-Books und audio-Books. tredition hat das Ziel, die beste und fairste Veröffentlichungsmöglichkeit für Autoren zu bieten.

tredition wurde mit der Erkenntnis gegründet, dass nur etwa jedes 200. bei Verlagen eingereichte Manuskript veröffentlicht wird. Dabei hat jedes Buch seinen Markt, also seine Leser. tredition sorgt dafür, dass für jedes Buch die Leserschaft auch erreicht wird.

Im einzigartigen Literatur-Netzwerk von tredition bieten zahlreiche Literatur-Partner (das sind Lektoren, Übersetzer, Hörbuchsprecher und Illustratoren) ihre Dienstleistung an, um Manuskripte zu verbessern oder die Vielfalt zu erhöhen. Autoren vereinbaren direkt mit den Literatur-Partnern die Konditionen ihrer Zusammenarbeit und partizipieren gemeinsam am Erfolg des Buches.

Das gesamte Verlagsprogramm von tredition ist bei allen stationären Buchhandlungen und Online-Buchhändlern wie z. B. Amazon erhältlich. e-Books stehen bei den führenden Online-Portalen (z. B. iBookstore von Apple oder Kindle von Amazon) zum Verkauf.

Einfach leicht ein Buch veröffentlichen: **www.tredition.de**

Eigene Buchreihe oder eigenen Verlag gründen

Seit 2009 bietet tredition sein Verlagskonzept auch als sogenanntes "White-Label" an. Das bedeutet, dass andere Unternehmen, Institutionen und Personen risikofrei und unkompliziert selbst zum Herausgeber von Büchern und Buchreihen unter eigener Marke werden können. tredition übernimmt dabei das komplette Herstellungs- und Distributionsrisiko.

Zahlreiche Zeitschriften-, Zeitungs- und Buchverlage, Universitäten, Forschungseinrichtungen u.v.m. nutzen diese Dienstleistung von tredition, um unter eigener Marke ohne Risiko Bücher zu verlegen.

Alle Informationen im Internet: **www.tredition.de/fuer-verlage**

tredition wurde mit mehreren Innovationspreisen ausgezeichnet, u. a. mit dem Webfuture Award und dem Innovationspreis der Buch Digitale.

tredition ist Mitglied im Börsenverein des Deutschen Buchhandels.

Dieses Werk elektronisch lesen

Dieses Werk ist Teil der Gutenberg-DE Edition DVD. Diese enthält das komplette Archiv des Projekt Gutenberg-DE. Die DVD ist im Internet erhältlich auf **http://gutenbergshop.abc.de**

Zeitfracht Medien GmbH
Ferdinand-Jühlke-Straße 7
99095 Erfurt, Deutschland
produktsicherheit@kolibri360.de